여우계단

여우계단
여고괴담 세 번째 이야기

초판 1쇄 찍은 날 § 2003년 7월 22일
초판 1쇄 펴낸 날 § 2003년 8월 1일

펴낸이 § 서경석

편집장 § 문혜영
편 집 § 김희정
마케팅 § 정필 · 강양원 · 이선구 · 김규진 · 홍현경

펴낸곳 § 도서출판 청어람
등록번호 § 제1081-1-89호
등록일자 § 1999. 5. 31
어람번호 § 제3-0010호

주소 § 경기도 부천시 원미구 심곡1동 350-1 남성B/D 3F (우) 420-011
전화 § 032-656-4452 팩스 § 032-656-4453
http://www.chungeoram.com
E-mail § eoram99@chollian.net

ⓒ CINE2000 · 이신애, 2003

값 8,500원

ISBN 89-5505-762-8 03810

CINE 2000 원작
이신애 각색

"여우야, 여우야.
나, 항상 진성이 옆에 있게 해줘.

　　　　　　소희가 소원을

"여우야, 여우야.
내가 서울 발레 콩쿨에 나가게 해

　　　　　　진성이가 소원을

"여우야, 여우야. 내 소원을 들어줘."

"여우야, 여우야.
　　나 살 빠지게 해줘."

혜주가 소원을 빈다

네가 머무는 곳에 있지 않다면
그것이 무엇이든 더는 내 것이 아니다.

이미 죽어버린 너를 생각한다.

그리고 남아 있는 나를 생각한다.

그 여름… 몹시도 무더웠던 그 여름.

우리는 서로 살아 있었고, 사랑하였고, 그래서 행복했었다.

이따위 시시콜콜한 잡념들에 휘둘리지도,

다른 일들 때문에 이를 악물고 눈물을 참아야 하는 일도

우리에게는 없었다.

나는 기억한다.

몹시도 무더웠던 그 여름, 내 평생 가장 소중하게 기억될 그 여름,

우리는 둘이지만 하나였던 그 잔인한 여름.

내 안에서 내 뿌리가 마르고

이윽고 잎이 떨어져 네가 죽어버린 날…

그땐 이미 나도 죽어 있었음을…

우리 두 사람의 영혼은 이미 우리에게서 벗어났단 사실을……

내 손바닥을 가로질러 넘어가면…

그리하여 그 컴컴한 문을 두드리면 끝…

너의 세계.

여고괴담 세 번째 이야기

여우계단

여우계단

어두운 기운이 낮게 깔려 있는 오래된 학교 건물.

그 주변을 감싸고 있는 숲에는 버섯꽃처럼 피어난 깊은 물 웅덩이가 종종 뿌연 안개를 만들어내고는 하였다. 안개는 거대한 성처럼 자리를 지키고 있는 기숙사의 외벽을 둘러싼 가끔은 사람들의 눈속임을 하기도 하였는데 이를 알지 못하는 외부 사람들은 '학교 안에 여우가 살고 있어서 사람을 홀리게 한다' 라는 말을 만들어내곤 하였다.

기숙사와 학교를 연결해 주는 통로로 자리매김을 한 아치 형 계단 역시 이 때문에 여우계단이라 불리게 되었는지도 모를 일이다.

학생들을 통해 여우계단이라 불리는 그곳은 학교와 기숙사를 연

결하는 유일한 통로일 뿐 아니라 때로는 지친 학교 생활의 무의미를 씻어내 주는 신성한 길이기도 했다.

언제든 간절한 소원을 가지고 오르면 그것을 이루어준다는 계단… 여우에게 소원을 빌면 스물여덟 개의 계단에서 하나의 계단이 더 만들어지고 그 마지막 계단은 소원의 계단이 된다.

그곳은 학생들에게 있어 언젠가 자신의 힘으로 버티기 힘든 날이 오면 여우계단에 올라 자신의 소원을 이룰 수 있다는 마지막 희망을 안겨주었다.

그러나 그들은 누구보다 잘 알고 있었다.
자신들이 꿈꾸는 신성한 미래란
오직 자신들의 노력으로만 이루어진다는 것을…
또 쉽게 이루어진 성은
그만큼 쉽게 무너진다는 사실도…….

아무 소리도 들리지 않는 정적 아래 조용한 발걸음으로 학교를 거니는 소녀의 발자국 소리. 소녀의 걸음에 눌린 마른 나뭇잎만이 바스락 소리를 내며 어둠의 침묵을 깨울 뿐이다.

"하나, 둘, 셋. 넷……."

계단을 오르는 소녀의 긴 머리카락이 바람에 흩날리고…

"열둘. 열셋. 열넷……."

반듯하게 다려진 스커트가 살짝 휘날린다.

"스물일곱. 스물여덟……."

마지막 한 계단을 눈앞에 둔 소녀의 목소리가 떨려온다.

"여우야, 여우야, 뭐 하니… 내 소원 좀 들어주렴."

검은 바람이 낙엽을 쓸어와 소녀를 감싸고… 소녀는 마지막 계단에 발을 디디며 소원을 빈다.

"영원히 그 애와… 함께 있게 해주세요."

오랜 시간 무용으로 단련된 목에 파랗게 핏대가 튀어나오고 일순간 미간이 찌뿌려진다.

"표정!!"

그 순간을 놓치지 않는 무용선생 김주원이었다.

다시금 눈썹을 한껏 올리고 미소를 짓는 진성의 눈과 달리 그녀의 입에서는 나지막이 '젠장' 소리가 새어 나왔다. 그렇게 자신의 동작 하나하나를 체크당하며 진성의 개인 연습은 진행되고 있었다.

"여우야, 여우야, 뭐 하니… 내 소원 좀 들어주렴."

"진성이 많이 좋아졌네. 오늘은 그만 해라."

좀처럼 칭찬을 하지 않던 김주원 선생이 칭찬하며 연습을 그만 하라고 하자 몸을 풀며 다음 차례를 기다리던 아이들의 얼굴에 부러움이 스쳤다.

진성은 말 떨어지기가 무섭게 얼굴에 만발하던 발레리나의 미소는 온데간데없이 사라지고 눈이 튀어나올 지경이 되어 자리에 쓰러졌다. 한참 숨을 고른 뒤 슈즈를 벗어보는 진성의 얼굴은 짜증으로 뒤덮여 있었다.

"이럴 줄 알았어. 어쩐지 느낌이 이상하더라니……."

엄지발톱 반쪽이 깨져 살에 박혀 있었다. 이번 해만 해도 벌써 여섯 번째다. 이제는 토를 벗을 때마다 진물과 고름을 닦아내는 일이 일상처럼 되어버렸다.

오디오 앞에서 아이들의 음악을 담당하고 있던 소희가 진성의 이런 모습을 놓치지 않고 바라보며 안타까워하고 있었다.

"다음 누구야? 거기 디제이 나와!"

김주원 선생이 손짓하자 소희가 자신의 음악 테입을 끼워 넣고는 홀 중앙으로 나왔다.

그녀의 레오타드 안으로 붕대가 감겨져 있는 모습이 진성의 시야에 가득 들어왔다.

연습이 끝난 오후 진성은 화장실 수돗가의 물을 받아 입 안에 진통제 한 움큼을 털어 넣고 있었다. 다친 발의 통증을 잊고 연습을 하기 위해서라면 어쩔 수 없는 하루 일과 중의 하나였다.

머리 속에 온통 연습할 생각으로 가득한 진성과는 달리 소희는 오전부터 강수진의 공연으로 인해 들떠 있었다.

"진성아, 부전공인데 오늘 하루만 그냥 가자. 자주 볼 수 있는 공연도 아니잖아."

"그렇긴 한데……."

사실 진성도 깅수진의 공연이라면 귀가 솔깃했지만 남은 수업과 방과 후의 연습이 마음에 걸렸다. 이런 진성의 사정을 아는 소희는 진성이 공연을 가지 않는다고 할까 봐 발을 동동 굴렀다. 진성과 함께 보기 위해 힘들게 예매한 티켓이기 때문이다.

"걸리면 내 다리 때문에 병원 다녀왔다고 하지 뭐. 응?"

"그래도 될까? 만약 걸리기라도 하면……."

"내가 아파서 병원 갔다 왔다는데 별다른 말 있겠어?"

"그래… 그러지 뭐……."

진성은 오늘도 소희의 애교 작전에 넘어가고 말았다.

사실 불안한 마음이 없어진 것은 아니었다. 부전공이라고 하지만 출석 체크를 하다 보면 금방 들통날 일이기 때문이다. 그러나 소희가 저렇게 원하니 들어주지 않을 수도 없는 노릇이었다.

진성이 졌다는 듯 두 손을 들어 보이자 소희의 얼굴이 밝아졌다. 학교 건물을 나가는 내내 소희는 강수진의 공연을 보는 것은 미래를 위한 투자임을 몇 번이고 강조했다.

운동장까지 무사히 빠져나온 둘은 오랜만에 맛보는 해방감에 앞 다투어 뛰어나가고 있었다. 그동안 연습에, 레슨에, 빠듯한 하루 일과를 정신없이 보내느라 자신들만의 시간을 가져 본 것이 언제인지 까마득했다.

다리를 다친 소희가 뒤처지는 동안 날아갈 듯이 뛰어가던 진성은 교문을 코앞에 두고 멈춰 서야만 했다. 교문을 떡하니 막고 있는 여학생과 마주친 것이다.

진성은 만약에 선배이면 어쩌나 하는 걱정에 가슴이 두근거렸다. 그러나 조금 더 가까이 다가갔을 때 여학생의 가슴에 달려 있는 명찰이 자신과 같은 색이란 걸 알 수 있었다. 진성과 소희가 다니는 학교는 명찰 색으로 학년을 구분하고 있었다.

엄혜주라고 쓰인 노란색 명찰을 보면서 둘은 안도의 한숨을 내쉬었다. 얼굴이 낯선 것으로 보아 타 과 학생인 듯한데 교문 앞에 서 있는 혜주는 둘을 빤히 바라볼 뿐 비킬 생각을 하지 않고 있었다.

뚱뚱한 혜주의 품 안에는 으리으리한 미술 작품이 안겨 있었다. 자신의 덩치만큼이나 커다란 미술 작품을 안고서 의문스러운 눈으로 자신들을 바라보는 혜주를 보자 진성은 난감해했다.

원래부터 그다지 상냥하지 못한 성격에 남들과 말 섞는 것을 불편해하는 진성이었다. 이때 소희가 턱까지 차 오른 숨을 고르며 앞을 막아섰다. 그리고 유심히 혜주의 명찰을 바라보았다. 아마도 이름을 익히기 위해서리라.

"혜주야, 우리 지금 어디 가는 줄 아니?"

혜주는 자신의 이름을 다정스레 부르는 소희를 보고는 깜짝 놀란 눈을 했다.

"우린 지금 도망가는 중이야."

친한 사이끼리 비밀 이야기라도 하듯 혜주의 귓가에 소곤거리는 소희를 보며 진성은 터져 나오는 웃음을 헛기침으로 참아내고 있었다. 모르는 이에 대한 소희의 넉살 좋음에 당할 수 없다는 표정이었다.

"그, 그러니? 그런데… 어디로……?"

소희의 친한 척이 효과가 있었는지 얼굴이 발그레해진 혜주가 스스로 몸을 비켜주며 수줍게 물었다. 그러나 진성과 소희는 그 물음엔 대답도 없이 한걸음에 교문 밖으로 나섰다. 사실 학교 안에 오래 있는 것은 나가보지도 못하고 걸릴 위험 소지가 다분했다.

혜주는 소희와 진성이 자리를 떠난 후에도 그 자리에 우두커니 서 있었다.

"저… 기……."

텅 빈 운동장 안에 모래바람이 한차례 불어오자 그제야 정신을 차린 듯 소희가 나간 자리를 돌아보는 혜주, 그렇게 소희와 진성은 사라지고 열린 교문만이 휑하니 자리를 지키고 있었다.

미술과의 쉬는 시간은 산만하기 짝이 없었다. 붓으로 머리를 틀어 올린 여학생 몇몇이 교실 구석에 모여 앉아 과자를 서로의 얼굴에 던지며 잡담하고 있기도 했고, 몇은 책상 위에 엎드려 단잠을 자고 있었다. 또 도시락을 먹는 몇 명 때문에 교실엔 김치 냄새와 튀김 냄새가 진동했다.

"흠, 스케일이 좀 더 커야 해……."

정신없는 교실 틈바귀에서 전문 작가들의 작품이 실려 있는 미술 잡지를 보던 윤지는 챙 하는 소리가 날 정도로 들고 있던 물컵을 내려놓았다. 마땅한 작품을 못 찾은 모양새였다.

윤지의 옆으로는 미술과의 바보로 통하는 경진과 영이 여우계단의 여우 흉내를 내고 있었다. 손가락으로 양 눈을 째지게 올린 경진이 제법 진지하게 연기를 하고 있었다.

"그래. 영아, 네 소원은 무엇이냐?"

영은 진짜 여우라도 만난 듯한 착각에 두 손을 꼭 쥐고는 리얼하게 연기를 펼쳤다.

"네, 여우님. 제 소원은… 이영애의 눈과 고소영의 코, 심은하의 피부를 갖는 것이옵니다."

"어허! 너무 부담이 느껴지는구나! 나도 예산이라는 것이 있단다. 견적이 딱 나오는데 이런 무리한 공사는 나로서도 곤란하다."

"뭐 이런 여우새끼가 다 있어! 야! 잡아 족쳐 버려!!"

영은 여우새끼를 잡아 족쳐야 한다며 경진에게 협박하듯 다른 친구들과 함께 목 조르는 시늉을 했다.

"이 젠장할 놈의 여우새끼! 너 오늘 죽었어!! 계단을 확 뽀사불

랑께!"

경진은 영이 목 조르는 게 장난 아니다 싶었는지 발버둥을 쳤
다.

"이런 무엄한지고. 캑캑! 야! 진짜 아파! 아프다니까, 이 쌍년
아!!"

윤지는 한심하다는 듯 들고 있던 잡지를 말아 이 둘의 머리통을
차례로 힘껏 내려쳤다.

"이것들은 나이가 몇 살인데… 정말 유치해서 못 보겠다. 시끄러
우니까 좀 조용히 해!"

윤지의 잡지 세례를 받은 경진과 영은 순간적인 통증에 눈물을
찔끔거렸다. 질 수 없다는 듯 영이 윤지에게 대꾸했다.

"아씨~ 꿈도 못 꾸냐? 자고로 청소년들은 꿈을 많이 가지라고
했는데. 그 뭐냐, 보이스 비 엠비셔!"

영의 말이 가소롭다는 듯 윤지는 다시금 잡지를 펴면서 눈을 돌
리며 툭 한마디 던졌다.

"그래, 이년아. 엠비씨 많이 가져라."

영과 경진은 입술을 삐죽거리다가 윤지의 뒤에 대고 종주먹질하
는 시늉을 하다 이내 자기들끼리 또 툭툭 쳐가며 장난질이다.

영과 경진은 계단의 전설이 실제라고 굳게 믿고 있는 듯 보였다.
윤지가 믿지 않는 것을 답답해하는 걸 보면 말이다.

"야! 떠도는 소문 중에 쌩구라 봤어? 다 뭔가 있으니까 나오는
거 아냐. 그 뭐냐, 우리 나라 격언 중에 '아니 땐 굴뚝에 연기나랴?

안 때면 안 난다' 란 말 있잖냐."

"어, 너 그런 것도 아냐? 웬일이야? 오~ 기특해, 기특해!

영이 격언을 말했다며 경진이가 기쁨을 감추지 못하자 윤지는 한심스럽다는 듯 혀를 차며 팔짱을 끼었다.

"무식한 것들아, 그건 격언이 아니라 속담이다, 속담. 정말 너희를 보면 내 인생이 갑갑하고 우울해진다, 엉?"

쓸데없는 잡담이 오가는 사이 윤지의 책상 위로 거대한 미술 작품 하나가 조심스레 올려지고 있었다. 혜주가 윤지의 작품을 대신 짊어지고 온 것이다.

작품을 보더니 눈이 휘둥그레지는 경진과 영, 아직 미완성인 작품이었지만 우선 스케일로만 따져도 사람들을 압도할 만한 작품이었다.

윤지의 엄마는 미술 계통에서 알아주는 예술가이다. 그래서인지 윤지는 매번 작품을 낼 때마다 아이들을 깜짝 놀래키는 경우가 많았다. 아이들은 흔히 윤지를 보면 혈통을 잘 타고나서 재주가 좋다며 부러워하고는 했었다.

자신의 작품을 보고 아이들이 감탄한 눈빛을 보이자 만족스러운 표정을 지은 윤지는 작품을 들고 온 혜주에게 건성으로 인사를 했다.

"수고했다. 내가 일 시켜주면 혜주 너, 살도 빼고 좋지 뭐. 안 그래?"

자신의 배를 툭 치는 윤지에게 혜주는 아무 말도 하지 못했다.

혜주는 힘이 들거나 말거나 자신의 작품 앞에서 폼을 잡는 윤지와 이를 치켜세우는 경진과 영의 모습은 정말이지 가관이었다. 늘 부림만 당하고 좋은 소리 못 듣는 데 익숙해진 혜주는 조용히 제자리에 앉을 수밖에 없었다.

매일같이 실기를 반복하는 조소실은 더 이상 어질러질 수 없을 정도로 어질러진 상태였다. 벽은 해를 거듭할수록 아이들의 낙서로 새카매진 지 오래였고 사물함은 미술 소도구들로 미어터질 지경이었다. 조소선생은 너저분한 실기실에 고개를 설레설레 내저으며 한소리 하려다가 작품에 열중인 아이들의 모습에 입을 다물고 말았다.

개개인의 작품을 둘러보던 선생의 시선이 윤지에게 머물고 있었다. 막바지 작업에 들어가도 모자랄 시간에 윤지는 덩치만 커다란 놈을 작업대 위에 올려놓고는 수수방관 팔짱만 낀 채 바라보고 있었다. 조소선생은 기가 차지 않을 수 없었다.

"어이, 한윤지. 전시회가 내일 모레야. 틀만 잡아놓고 바라보고만 있으면 저절로 만들어진다니?"

윤지는 참견하는 선생이 귀찮을 따름인지 마치 자신의 예술적인 영감을 깼다는 눈으로 미간을 찡그렸다.

"선생님, 제발 필(feel) 좀 깨지 마세요. 방금 뭐 나오려고 했는데 선생님 때문에 쏙 들어갔잖아요."

조소선생은 예술가의 온갖 흉내를 다 내는 윤지의 모습이 우습지도 않다는 듯 머리를 쥐어박았다.

"이 녀석아! 지금 똥 누냐? 뭐가 들어갔다 나왔다 해!"

"아! 선생님, 지금 저 웃기신 거예요? 웃기지도 않아요. 전 다른 애들처럼 대충대충은 싫어요. 대충 하자면 1시간 안으로도 다 끝낼 수 있으니까 그냥 가세요."

윤지의 거만한 태도에 아이들은 장난 섞인 야유를 보냈고 경진 과 영은 만들던 찰흙을 윤지에게 던졌지만 정작 당사자는 아랑곳 하지 않았다. 윤지가 다시 자세를 잡고 팔짱을 끼자 조소선생은 포기했다는 듯 혀를 찰 뿐이었다.

조소선생도 윤지의 별난 행동이 곱지만은 않지만 제 엄마를 닮 아서인지 제법 어린 나이 치고 감각이 있다는 것은 인정하고 있었 다. 그간 윤지가 내왔던 작품들이 기성 작가들과 흡사했기 때문이 었다.

어느새 웃고 떠들던 아이들은 조용해졌고 하나같이 자신의 작품 에 신중을 기하고 있었다. 전시회를 앞둔 조소실 아이들 사이에는 긴장감까지 흐르고 있었다. 그리고 그 아이들 틈에 혜주는 묵묵히 흙으로 계단을 빚고 있었다.

단순하지만 묘한 신비감이 느껴지는 여우계단.

'암흑의 세계로 걸어 들어가는 발걸음은 조금의 지체함도 없이 앞장서서, 당당하게, 늘 그래 왔던 것인 양 자연스러워야 하는데 왜 그럴 수 없는 것일까.'

혜주는 손가락으로 계단을 오르듯 하나하나 짚어 올라가다가 마지막 계단을 하나 남겨두고는 신중을 기여하는 것처럼 보였다. 진지하고 경건한 모습으로 마지막 계단에 손가락을 올린 혜주는 숨을 참고 있었는지 긴 한숨을 내쉬었다. 이때였다, 큰 소리를 내며 작업대 위의 도구들이 아래로 구른 것은. 혜주가 숨을 내쉬면서 팔꿈치로 작업대를 친 것이다.

도구 통이 떨어지면서 실기실의 정적은 한순간에 깨져 버리고 아이들은 일제히 혜주를 노려보았다

"아이 씨~ 누구야?! 짜증나게!"

"또 저년이야?! 재수없어, 진짜!!"

큰 소리에 놀라 자신의 작품에 생채기를 낸 아이들은 거리낌없이 혜주를 향해 상스러운 소리를 해댔다. 실기를 하면서 흐름이 끊어진다는 것은 상당히 짜증스러운 일이란 것을 혜주 역시 잘 알고 있었다. 그런데 자신이 방금 그 흐름을 깬 것이다.

아이들보다 뒤늦게야 사태 파악을 한 혜주는 미안함에 움츠러들지만 아이들은 봐줄 생각이 없는 듯 말들이 많았다. 그리고 혜주 옆 자리의 윤지는 한술 더 떠 자신의 작업대를 옮겨 버렸다. 미안해하는 혜주를 더욱 무안하게 하려는 행동이었다.

"자, 일부러 그런 건 아닐 테니 그만들 하고 작업해라."

선생의 만류가 있고 나서야 잠잠해진 아이들 틈에서 조심스레 눈치를 보며 미술 도구를 줍는 혜주의 커다란 덩치가 더욱 처량맞아 보였다.

공포…

그것은 아주 서서히 혜주를 죽어가게 만드는 마약과 같은 것이었다.

그녀가 느끼는 공포는 아주 사소한 것에서부터 시작되었다.

무언가 말해야 하는데 자신이 하고자 하는 말이 떠오르지 않을 때 온몸의 땀구멍이 열리며 따가운 박하 향이 밀려 들어오는 것만 같았다.

심장은 빠르게 운동하고 두 눈은 붉게 충혈되어 버렸다.

손가락이 떨리면서부터는 걷잡을 수 없다. 죽어가기 시작한 것이다.

그녀의 정신은 한 걸음 더 뒤로 물러서며 예전과 다름없이 퇴보하기 시작했다. 그 순간을 제대로 견뎌내지 못할 때가 있다.

그렇게 되면 그녀는 박제처럼 온몸이 굳어져 버리는 것만 같았다.

그런 순간이 다시 찾아오도록 내버려 둘 수는 없었다.

혜주는 끊임없이 움직여야만 했다. 잠시도 쉴 틈을 주지 않고 쉼없이 움직여야 했다.

그녀가 앞으로 어떤 방식으로 타인을 위협하거나 유혹하고 내팽개치게 될지는 모르는 일이다.

아주 짧은 순간이 그녀를 만들어내고 그녀를 망치기도 했으니…
겉치레는 분명 필요하다고 그녀는 속으로 되뇌었다.

불편할 뿐이다. 그것에 가려져 진실이 보이지 않을 뿐이다.

혜주는 이제 그러한 겉치레에 오히려 익숙해져 가고 있었다. 속으로는 오히려 자신이 누구보다 번번할지 모른다고 생각했다.

사실은 그래서 더 두려워하고 있었다.

그녀의 비명 소리가 그녀 안에 만들어놓은 긴 골목 안에서 메아리친다.

창문들이 모두 깨어지고 사람들이 귀에서 피를 쏟으며 쓰러진다.

그러나 여전히, 혜주는 살아 있다.

흠집 하나 없는 육중한 육체에 파묻혀 잠이 든다.

노래가 들린다.

골목들이 노래를 부른다.

또 노랫소리가 들린다.

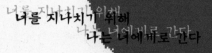

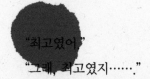"최고였어."

"그래, 최고였지……."

가로등 아래 앉아 있던 소희는 공연에 대한 감동을 참을 수 없는 듯 보였다. 가슴이 벅찬 것은 진성 역시 마찬가지였다. 요사이 몸과 마음이 지쳤던 진성에게 오늘의 공연은 확실히 활력소가 되어 준 듯 보였다.

아무리 연습에 지쳐도 이렇게 한 번씩 프리마돈나의 공연을 보고 오면 발레를 하기 정말 잘했다는 생각이 가슴 깊이 새겨지고는 했다. 그중에서도 오늘은 진성에게 있어 의미가 남달랐다.

"아까 강수진 씨 발 사진 봤어?"

소희는 진성의 질문이 어떤 의미를 담고 있는지 잘 알고 있었다.

"눈물나더라. 사람의 발이 그렇게 감동을 줄 수도 있구나 생각했어. 내 발… 그렇게 되려면 얼마나 걸릴까? 한 10년쯤?"

소희는 진성의 그런 기분을 풀어주고 싶었다.

자신과는 달리 가족과 멀리 떨어져 나와 무용을 하는 진성에게 있어 무용한다는 것은 때때로 감당하기 힘든 외로움을 준다는 것을 잘 알고 있었다. 누구와도 나눌 수 없는 그 외로움은 철저하게 자기 몫이란 것 또한 알고 있는 소희였다.

컨디션 관리기 무엇보다도 중요한 발레리나에게 있어 우울증은 그야말로 치명적인 것인데 요즘 진성은 다른 것은 쳐다보지도 않은 채 연습에만 매달리고 있었다. 한 번쯤 기분 전환시켜 주고 발레에 대한 부담감에서 벗어나게 해주고 싶어 보러 간 공연이었는데 진성의 마음만 더욱 심란하게 한 것 같아 소희는 마음이 좋지 않았다.

소희는 지젤의 한 대목을 흥얼거리며 가로등 불빛을 조명 삼아 진성의 앞에서 코믹하게 발레 동작을 선보였다.

"지젤이랑 똑같아?"

우습게도 소희가 부르는 그 멜로디는 지젤이 미쳤을 때 나오던 음악이었다.

"어! 그 상태로 옆 머리에 꽃만 꽂으면 딱이겠다."

진성이 키득거리며 소희에게 일격을 가하는 순간, 소희는 낮게 읊조리듯 대꾸했다.

"음악을 들으면 몸이 점점 무거워져. 그 음악들이 나를 들어 올리는 게 아니라 내가 온 전력을 다해서 그 음악의 무게를 떠받치고 있는 기분이야. 시지프처럼 바위를 굴려서 산꼭대기로 올라가는 기분이라고."

잠깐 동안의 침묵이 흘렀다. 소희의 표정은 자신이 아니면 알 수 없는 무언가로 조금 일그러져 있었다. 그러나 진성은 소희가 자신을 걱정하는 마음을 잘 알고 있기에 더 이상 우울해하고 있을 수만은 없었다.

진성은 가방에서 시디 플레이어를 꺼내 플레이를 누른 후 이어폰을 귀에 꽂고 큰 소리로 노래를 따라 부르기 시작했다.

"나는 나의 과거를 정복했지~ 마침내 미래가 여기 있어~ 난 새로운 세상으로 가는 입구에 서 있다네~ 내 앞에 있는 파멸들은 곧 나를 놓치게 될 거야~ 사랑은 나를 구조한다네~"

소희의 피식 웃는 얼굴을 보자 진성은 정지 버튼을 누르고 이어폰을 뺐다.

"어때? 가사 근사하지?"

"그래, 근사하다."

둘이 한바탕 크게 웃다가 진성의 눈에 소희의 다친 다리가 들어왔다.

"다리 조심하고 조심해서 가."

소희는 헤어지는 게 아쉬운 듯 계단을 올려다보았다. 소희의 눈길이 닿는 그 끝에 거대한 기숙사가 환하게 불을 밝히고 있었다.

"늦었어. 그만 들어가라니까."

"최고였어."
"그래, 최고였지······."

아무리 연습에 지쳐도
이렇게 한 번씩 프리마돈나의 공연을 보고 오면
발레를 하기 정말 잘했다는 생각이 가슴 깊이 새겨지고는 했다 진성의 들어가라는 소리에도 소희는 손가락을 꼼지락거리며 진성과 계단을 번갈아 바라보더니 입을 열었다.

"진성아, 여기서 소원 빌면 정말 이루어질까?"

소희의 진지한 표정을 보고 진성은 코웃음을 쳤다.

"그걸 진짜 믿었어?"

"왜… 혹시 알어? 진심으로 싹싹 빌면 여우가 불쌍해서 들어줄지."

소희의 진심 어린 표정에 진성은 소희의 소원이 궁금해졌다.

"너 소원이 뭔데? 다리 예전처럼 회복되는 거?"

소희가 대답을 하려고 할 때 교복 주머니에서 진동음이 들려왔다. 소희는 자신의 교복 주머니에서 반짝이는 핸드폰의 불빛만 바라볼 뿐 받을 생각을 하지 않았다. 그런 소희의 행동을 진성은 걱정스러운 듯 바라보며 집에 들어가라고 다그쳤다.

"너 지금 들어가도 엄마한테 혼나잖아. 얼른 가!"

소희는 같이 있고 싶어하는 자신의 마음을 몰라주는 진성이가 야속했다.

"너 진짜 무드 꽝인 거 알아?"

"다 너 걱정되니까 이러는 거 아냐."

진성이 진심 어린 눈빛으로 다가서자 소희는 금세 기분이 좋아져 활짝 웃으며 교문으로 되돌아갔다.

"네 마음도 나랑 같다는 거 다 알아. 알았다, 알았어요. 우리 진성이 내일 보자."

"진성아, 사랑해."

어두운 교정을 빠져나가는 소희의 모습을 지켜보던 진성이 뒤돌아서려 하는데 갑자기 소희가 멈춰 서서 어릴 때 모습 그대로 손으로 하트를 만들어 큰 소리로 외쳤다.

"진성아! 사랑해!"

소희의 못 말리는 애교에 진성의 웃음소리가 운동장을 가른다.

"야! 얼른 가기나 해. 넘어지지 말고."

밝은 표정으로 뛰어나가는 소희를 지켜본 진성은 기분이 좋은 듯 숨을 길게 들이마시고는 계단을 올라갔다. 그러나 이내 발걸음을 멈추고 다시 계단 아래로 내려갔다.

가만히 계단을 바라보다 조심스레 발걸음을 떼는 진성의 표정에 긴장감이 감돌고 있었다.

"하나, 둘, 셋……."

진성의 숨소리가 가늘게 떨리고…

"스물여덟."

스물여덟 개의 계단을 밟고 선 진성. 그것이 마지막이었다.

진성은 순간이라도 진지해진 자신의 행동이 한심해 웃음이 나오고 말았다.

"나도 참… 뭐 하는 거야."

한심하다는 듯 진성은 스스로를 타이르고 기숙사로 뛰어갔다.

쉬는 시간 무용과 복도에 구경거리가 생겼다. 혜주가 교복 사이로 비죽이 삐져 나오는 살을 손으로 감추며 윤지에게 질질 끌려가고 있었던 것이다. 빠른 속도의 윤지에게 맞추어 걷기도 힘든데 뛰어가듯 혜주를 끄는 윤지 때문에 혜주의 다리는 불안하게도 균형을 잡지 못하고 있었다.

윤지는 혜주의 버거운 몸과 느려 터진 행동에 짜증이 나는 듯했고 혜주는 어떻게 해서든 가기 싫어하는 것처럼 보였다. 그런 혜주를 윤지는 억척스럽게도 끌고 가고 있었던 것이다.

흔치 않은 구경거리에 아이들은 혜주의 몸이 자기를 치고 가기라도 할 듯 과장된 몸짓으로 옆으로 피하며 벽에 붙는 시늉을 했다. 혜주의 이런 모습이 아이들의 눈에는 도살장에 끌려가는 살찐

돼지로 보였다.

　무용과는 부산스러웠다. 망 머리를 반듯하게 만드는 아이가 있는가 하면 과자를 먹기도 하고 다이어트에 관한 수다가 교실 하나를 꽉 채우고 있었다.

　윤지는 무용과의 문턱을 폴짝 넘어서다 늘씬늘씬한 무용과 아이들의 몸매에 순간 기가 죽는 듯했다. 그러나 그러한 모습은 아주 순간이었고 무용과의 통통한 여학생 하나를 보고는 기고만장해졌다. 그리고 그 애를 붙잡아 이내 체육복 하나를 빌렸다.

　윤지는 체육복의 냄새를 킁킁 맡아보더니 옷을 빌려준 아이 뒤에서 헛구역질하는 시늉을 해 보였다. 혜주는 무용과에 발도 들여놓지 못하고 바깥에서 창으로 안을 흘끗흘끗 보고 있었다.

　윤지는 무용과 안을 둘러보더니 평소 친하지도 않던 소희에게 다가가 물끄러미 그 애의 모양새를 지켜보았다. 소문으로만 듣던 무용과 얼짱이었다.

　윤지는 마치 조각의 구도를 잡는 것처럼 소희를 이 각도 저 각도에서 지켜보았다. 인정하기는 싫지만 소희의 얼굴은 학교 얼짱답게 예뻤다. 미술과 학생이라면 한 번쯤 모델로 세우고 싶은 얼굴임에 분명했다.

　소희는 발레리나를 그리고 있었다. 소희가 그린 발레리나는 말 그대로 뼈다귀, 뼈 위에 살만 얇게 발라놓은 듯한 러시아 발레리나들의 전형적인 모습 그대로였다. 그 그림을 옆에서 정성스레 입으로 불어주는 진성. 소희의 사인펜으로 그린 발레리나가 번지지 말라고 해주는 행동인 듯 보였다.

예쁘고 늘씬한 무용과 아이들 중에서도 유난히 돋보이는 두 여학생을 바라보는 윤지의 눈이 반짝였다.

"저… 미안한데 체육복 좀 빌려줄래?"

윤지가 말을 건네자 진성은 차가운 표정으로 윤지가 들고 있는 체육복을 바라보았다. 그건 체육복이 아니면 뭐냐는 표정이었다.

윤지는 진성의 눈길에 야긴 무안해진 듯 뒷문을 가리켰다.

"내가 입을 건 아니고 저기 내 친구가……."

진성과 소희는 그제야 창문가에서 올라갔다 내려갔다 하는 커다란 머리 하나를 발견했다. 혜주의 얼굴을 알아본 진성이 썩 내켜하지 않자 소희가 선뜻 자신의 체육복을 건네주었다.

소희를 바라보던 혜주는 소희와 눈이 마주치자 볼이 발그레하게 변하고 있었다. 환한 햇살 아래 앉아 있는 진성과 소희의 모습이 혜주에게는 그림 속 공주처럼 보인 것이다. 공주가 자신에게 체육복을 빌려주다니… 혜주는 가슴이 벅차올랐다.

감동에 빠져 있는 혜주를 올 때도 그러했듯 윤지는 억척스럽게 끌고 갔다.

체육선생님의 호각 소리가 운동장을 가르고 있었지만 미술과 아이들은 거기에 구령을 맞출 수가 없었다. 체육 시간이면 늘 기대를 저버리지 않는 혜주 때문이었다.

자신의 체육복을 입고도 구경거리가 되던 몸매였는데 더군다나 자신의 몸 반만한 체육복을 입은 혜주의 모습은 과히 가관이었다.

"또 저렇게 작은 건 어디서 구해왔다니?"

"정말 우리끼리 보기에는 너무 아깝다."

우람한 살에 못 이긴 체육복은 이리저리 말려 올라가고 꽉 끼는 바지는 도무지 혜주의 엉덩이를 가려줄 생각조차 하지 않는 듯 보였다.

혜주가 당황하여 이리저리 체육복을 부여잡고 있는데 윤지는 이를 즐기기라도 하듯 혜주의 꽉 끼는 엉덩이에 똥침을 가했다. 이런 모습에 아이들은 자지러지기 일수였고 혜주는 울기 직전이었다.

무용과 아이들은 창가에 부착된 바를 잡고 스트레칭 중이었다. 그러나 터져 나오는 웃음을 참지 못하고 이내 자세가 흐트러지고 말았다. 시선이 온통 소희의 체육복을 입고 있는 혜주에게 가 있기 때문이다.

소희의 몸매는 무용과 아이들도 따라잡기 힘들 정도로 완벽했다. 그런데 전교에서 가장 뚱뚱한 아이가 전교 제일가는 몸매를 지닌 소희의 체육복을 입고 있으니 우습지 않을 수 없었던 것이다.

"야, 아까 소희 체육복 빌린 기집애가 저 애야? 우리 소희 체육

우람한 살에 못 이긴 체육복은

이리저리 말려 올라가고
꽉 끼는 바지는
도무지 혜주의 엉덩이를 가려줄 생각조차 하지 않는 듯 보였다

복 하나 장만해 줘야겠네~"

이제 아이들은 혜주를 보며 쓰러지기 직전이었다. 소희의 체육복 고무줄이 혜주의 몸을 버티기에 힘들었는지 툭 끊어진 모습이 멀리서도 보인 것이다.

"웬일이니? 웬일이니? 저 평평해진 허리단. 그거 끊어진 거 맞지? 고무줄이 끊어졌는데도 바지가 안 흘러내려. 제 몸매 죽인다."

"흘러내리면 행복하게? 끊어졌는데도 몸에 낀다. 것도 아주 꽈악!"

그때 혜주의 머리 속에 어떤 섬광 같은 것이 스치고 지나갔다. 아니, 어쩌면 그것은 자기 자신에 대한 모멸감일 수도 있었다. 지난밤 쓰다 만 일기를 떠올리며 혜주는 아랫입술을 깨물었다.

끝치가 아프다. 내 몸은 점점 비대해져 가고 나는 극도로 신경이 날카로워져 아주 사소한 일들에도 며칠 밤을 꼬박 지새며 고민을 한다.

지옥 같은 한 주가 다시 시작되었다. 차라리 혀를 깨물고 싶다. 하지만 도망칠 수 있는 기회는 두 번 다시 오지 않을 것이다.

기나긴 악몽이 내 일상 위를 구름처럼 덮고 있다. 숨이 막힌다. 목이 따갑다. 아무 소리도 들을 수 없고, 아무 냄새도 맡을 수 없다.

지겹다. 말하기조차 창피한 우스꽝스런 하루… 이렇게 1년이 지나고 10년이 지나도 내 인생은 제자리걸음일 테지…….

내 뇌는 발작을 일으킨다. 하루에도 수십 번씩 추락을 꿈꾼다. 소멸을 꿈꾼다. 내 몸에 붙어 있는 온갖 추잡한 것들 때문에 앞을 제대로 볼 수가 없다. 소희… 내가 소희처럼 예뻐질 수만 있다면…….

아이들이 웃고 떠드는 사이 진성은 김주원 선생한테 호된 꾸중을 듣고 있었다. 강수진의 공연을 본 날 부전공이 출석 체크를 하지 않아 살 넘어가나 싶었는데 소희가 늦게 들어간 것이 화근이었다. 딸이 늦자 걱정을 하신 소희엄마가 무용선생한테 전화를 한 것이다.

"네가 지금 제정신이니? 잘한다 잘한다 해줬더니 아주 간이 배 밖으로 나왔구나!"

무용선생은 꾸중을 하는 것으로도 성에 안 차는지 토슈즈로 진성의 머리를 몇 차례씩이나 때리고 있었다. 진성은 말이 없었다. 날아오는 토를 맞으며 얼굴만 붉어질 뿐이다.

"연습 벌레는 연습으로 끝을 보라고 했어, 안 했어? 몸이 안 되면 근성이라고 했지? 지금 너한테 그거 빼면 남는 게 뭐야? 어! 말해 봐!"

무섭도록 다그치는 선생님을 보며 안절부절못하는 것은 소희였다.

"선생님, 진성인 싫다고 했는데 제가 가자고 한 거예요. 제가 억지로 끌고 갔어요……."

소희가 끼어들자 선생은 더 이상 진성을 나무라지 못했다.

"그래? 김소희, 네가 가자고 했단 말이지?"

선생은 차마 소희의 머리를 치지는 못하고 붕대 감은 소희의 다리를 가리켰다.

"김소희, 너 이거 다 낳았어? 이제 병원 간다고 거짓말하고 다른 데를 다녀? 선생님 앞에서 뭐 하는 짓들이야? 니들이 뭔가 착각하는 모양인데 니 둘 여기서 아무리 날고 기어봤자 딴 데 가면 아무것도 아니야. 요 좁은 곳이 발레 판의 전부인 거 같아? 발레가 그렇게 만만해 보여?!"

무용선생은 몹시도 화가 난 듯 들고 있던 토슈즈를 바닥에 내던졌다. 바닥에 뒹구는 토슈즈를 보고 진성은 눈시울이 붉어졌다. 지금 선생님한테 내던져진 건 토슈즈가 아니라 자신의 발레 인생인 것 같았기 때문이다.

그런 진성의 마음을 헤아린 소희가 진성의 손을 맞잡았다. 이 순간 세상에서 서로를 버텨줄 수 있는 것은 마주 잡은 두 손이 전부인 듯 그렇게 그들은 한참을 서 있었다.

어두운 밤 진성은 세면대에 비춰지는 자신의 얼굴을 무표정하게 바라보고 있었다. 머리에는 선생님의 질타가 뿌연 먼지 자욱으로 남아 있었다.

진성이 한숨을 내쉬며 망을 풀어버리자 물을 타고 진성의 머리카락이 길게 늘어졌다.

'내가 나를 포기한다면 다른 누구도 내게 무언가를 기대하거나 이깟 일들로 날 괴롭히지는 못하겠지.'

그러나 무엇보다 중요한 것, 진성은 스스로를 포기할 수 없었다. 발레에 대한 그녀의 열의는 어느덧 집착으로 변해 있었으므로. 문제의 핵심은 바로 진성, 그녀일지도 몰랐다.

인적이 드문 길을 걸을 때마다 진성은 물었다. 나는 과연 누구인가, 그리고 자신에게 다가올 시간을 향해 외쳤다. 내가 누구이든 그리 만만한 상대가 아니라는 사실을.

진성은 자신에게 충실했고 그래서 때론 그 충실함으로 인해 상처받았을 뿐. 나를 질책하는 사람들은 모두 그럴듯한 허울로 포장된 충고 몇 마디를 거지에게 동전 던지듯 던져 주었을 뿐이야.

진성은 도리질친다, 그건 위선일 뿐이라고… 간혹 검은 그림자들이 자신의 주위를 맴돌며 혹은 키득거리며 손가락질하는 꿈을 꾸기도 한다. 진성은 눈가리개를 한 채 사방을 더듬거리며 그들을 피하기 위해 몸을 움츠렸지만 그래도 그들은 용케도 진성을 찾아내었다.

진성은 몸으로 느껴지는 그들의 과거가 불쾌했고 그래서 거부하고 싶었다. 한편으론 다행이었다. 거리는 늘 그런 사람들로 넘쳐났다. 그들의 모자라는 인원 수를 채울 만한 사람은 어디에든 널려 있었으니 진성 자신은 눈을 감으면 그뿐이다.

11시를 알리는 괘종시계 소리에 진성은 화들짝 놀랐다.

학교의 복도란 밤에는 음산하기 짝이 없어서 괜스레 뒤돌아보게 마련인데 오래된 종소리까지 가세해 진성의 간담을 서늘하게 만들고 있었다.

진성은 자꾸만 떨어지는 물기를 손 덜미로 닦아내며 제 방을 향해 걸음을 재촉했다.

방 안으로 들어갔을 때 빈방 안에 핸드폰이 요란하게 울려대고 있었다. 행여나 잠든 같은 층 아이들이 깰까 진성은 조용한 소리로 전화를 받았다.

"여보세요?"

진성이 받은 핸드폰 속에서는 기이한 흐느낌만이 대답을 대신하고 있었다.

"여보세요?"

이번에는 좀 더 화난 목소리를 내자 전화기 속에서는 소희의 웃음소리가 들려왔다.

"아유~ 김소희! 너 죽는다!"

[보고 싶어서… 너무 보고 싶어서 그랬어.]

"무섭게 왜 그런 장난을 하고 그래. 자는 애들 다 깨울 뻔했잖아."

[네 목소리를 들으면 혼자 있는 밤에 더 크게 들리는 시계 소리도 나한텐 하나도 들리지 않고 하나도 무섭지 않아.]

소희는 짐짓 가라앉은 목소리로 말했다.

"그, 그래. 내 목소리가 그렇게 좋아?"

[흐음… 물론이지. 차갑지만 차갑지 않은 네 목소리… 내 발에 꼭 들어맞는 토슈즈를 신었을 때처럼 편안하고 따뜻한 느낌… 넌 내 목소리가 별로 좋지 않은가 봐?]

"아냐. 나도… 좋아……."

진성은 침대에 누워 벽에 붙은 강수진의 무대 사진을 보고 있었다. 복도의 괘종시계 소리가 1시를 알리자 신성은 눈을 감았다.

톡톡.

소리가 신경 쓰이는지 진성의 미간이 찡그려졌다.

톡톡.

귀찮은 듯 눈을 뜬 진성이 창문을 바라보지만 바람에 나뭇가지만이 움직이고 있을 뿐이었다. 진성이 다시 눈을 감으려 할 때 창을 두드리는 소리가 한 번 더 들려왔다.

이번에는 잘못 들은 것이 아니라고 생각하니 진성의 눈이 번쩍 뜨였다. 이때 까만 창으로 손 하나가 천천히 기어올라 오고 있었다. 믿을 수 없는 상황에 진성은 얼어붙은 듯 움직일 수가 없었다.

"진성아……."

창으로 올라온 손과 함께 가녀린 여자의 목소리도 함께 들려왔다. 창밖에 있는 건 다름 아닌 얼굴이 벌겋게 상기된 소희였다. 우습게도 소희는 코와 양 볼이 빨개져서 오들오들 떨며 유리창을 두드리고 있었다.

진성은 기가 찼다, 창을 기어올라 오다니…….

진성이 창을 열었을 때 밖에는 사다리가 세워져 있었다. 당연히 소희가 타고 올라온 것이리라. 이 밤중에 사다리를 타고 기숙사에 들어올 생각을 하다니… 소희가 아니면 누구도 못할 짓이었다.

진성은 순간 소희가 자신의 방이 3층이라는 것을 잘 알고 있는지에 대해 의문이 생겨 3층의 높이에 관한 설명을 하려다가 관두었다. 우선 받아주는 게 급선무인 듯해서였다.

힘겹게 진성의 방 안으로 들어온 소희는 진성을 끌어안으며 헤벌쭉 웃었지만 얼굴에는 지친 표정이 역력했다.

"적당히 넘어갈 생각 마."

진성은 소희의 먼지 묻은 옷을 털어주며 말했다.

소희는 엄마와 싸워 집을 나왔다며 진성의 옆 자리에서 하룻밤을 자고 가겠다고 으름장을 놓았다. 그간 소희의 땡깡이라면 귀에 못이 박히도록 들어온 진성으로서는 그다지 충격적인 일도 아니었다. 진성이 고민하는 것은 돌려보내야 할지 아니면 그냥 재워야 할지에 대해서였다.

막막하게 자신을 바라보는 진성의 눈앞에 소희는 무슨 대단한 결심을 보여주기라도 하는 것처럼 자신의 가방을 뒤적거려 불룩한 천 두루마리를 꺼내었다. 기껏 해야 갈아입을 옷 정도 챙겨왔으려니 생각한 진성의 예상은 빗나갔고 그곳에서 나온 것은 시퍼렇게 날이 선

가위였다.

소희는 방 안에서 고집 센 아이처럼 등을 돌리고 앉아 있었다. 벌써 1시간 가까이 자신의 머리카락을 잘라달라고 조르는 것이다.

진성은 망설일 수밖에 없었다. 소희의 머리는 언제나 길었다. 처음 보는 그 순간부터 지금까지…….

진성은 소희가 하얀 손으로 그 검은 머리카락을 쓸어 넘기는 모습이 좋았다. 그런데 지금 그 머리를 잘라달라고 하는 것이다.

방바닥으로 소희의 긴 머리가 쏟아져 내렸다. 허리까지 길게 내려오던 머리였다.

진성은 어깨 즈음해서 반듯하게 다듬어주었다. 소희의 머리카락을 다듬고 있는 진성의 표정은 어두운데 소희는 오히려 꼿꼿하게 목을 세우고 오르골 인형의 태엽을 감고 있었다. 벌써 네 번째나 반복해서 돌아가는 두 개의 발레리나 인형.

태엽 장치 인형이 음악과 함께 뱅글뱅글 돌아가자 소희가 입을 열었다.

"진성아, 아까 맞은 데는 괜찮아? 기분 많이 상했지?"

소희는 진성이 맞은 게 자신의 탓인 듯해서 몹시 마음이 아팠다.

"괜찮아. 나도 보고 싶던 공연이었는 걸 뭐. 근데 너 머리카락 이렇게 막 잘라도 돼? 너희 엄마 난리날 텐데……."

그녀 엄마의 성격을 익히 겪어 알고 있는 진성은 소희가 함부로
머리카락을 자르는 게 걱정이었다. 엄마를 생각하니 소희 역시 숨
이 막혀 죽을 지경이었다.

늘 소희의 일거수일투족을 관찰하고 감시하는 엄마였다. 오늘 소
희가 집을 나온 것 역시 엄마의 끊이지 않는 잔소리 때문이었다. 수
업을 빼먹고 공연 보러 갔다는 이유로 엄마는 집 안 곳곳을 따라다
니며 잔소리를 해댔고 소희는 그런 엄마의 간섭을 더는 견딜 수 없
었던 것이다.

그러나 진성은 알고 있었다. 소희의 엄마가 소희가 하는 발레에
얼마나 관심이 있는지, 얼마나 아낌없이 지원해 주는지 말이다.

사실 발레라는 것이 본인만 잘한다고 해서 성공할 수 있는 분야
는 아니었다. 고가에 해당되는 무용복과 하루가 다르게 닳아버리
는 발레 슈즈, 그리고 몸에 관한 꾸준한 투자 등 이루 말할 수 없을
정도였다. 지극히 평범한 가정에서 순전히 자기 노력만으로 발레
를 하고 있는 진성에게 소희의 그런 모습은 어찌 보면 부자집 공주
님의 투정으로 보이기도 하였다.

진성은 때론 소희가 온실 속의 화초처럼 자라온 배경이 너무도
부러웠다. 이러한 친구의 마음을 아는지 모르는지 소희는 진성에
게 애교를 부렸다.

"진성아, 우리 도망가서 살까? 엄마도 없고 수업도 없는 그런 곳
으로……."

진성은 말도 안 된다는 표정으로 소희를 바라보며 고개를 저었다.

"너희 엄마가 못다 이룬 꿈이 발레라며. 그런데 너가 도망가면 되겠냐? 그리고 나도 발레 포기 못해."

소희의 장난 섞인 말투에 진성은 단호했다. 소희는 섭섭한 듯 다시 오르골의 태엽을 감았다. 낮은 멜로디에 맞추어 돌아가는 발레리나… 소희의 꿈은 늘 진성과 함께하는 것이었다. 발레도 무엇도 진성과는 바꿀 수 없는… 진성은 소희에게 있어 그런 존재였다.

"사람이 죽는 순간에 무슨 생각을 할 것 같아?"

소희는 뜬금없이 물었다.

"글쎄… 사람마다 다르겠지."

"그렇기야 하겠지. 그럼 넌 죽으면서 무슨 생각을 할 것 같아?"

진성은 눈을 감고 생각했다. 죽기 직전 자신의 모습과 죽어가는 고통도 함께…….

"하얗게 셀 내 머리카락들… 쭈글쭈글해질 내 피부들… 구부러진 허리… 더 이상 발레를 할 수 없게 된 내 몸… 음식을 소화시키지 못하는 위장과… 날 사랑하고 내가 사랑했던 그 모든 것들… 내가 증오하고 두려워했던 그 모든 것들로부터의 해방에 대해서……."

"거창하네. 그렇다면 넌 이미 해방된 거야."

소희는 진지함과 낯선 기분이 뒤섞인 표정으로 대답했다. 그러나 진성의 생각은 달랐다.

"생각만으론 해방될 수 없어. 대부분 육체가 생각을 따른다고 판단하지만 내 경우엔 그렇지도 않아. 생각이 육체를 따르는 경우가 더 많았으니까."

"지금도 그렇게 생각해?"

"응… 시간이 지난다 해도… 난 영원히 이렇게 머물러 있을 테니까. 내가 예전엔 어떤 생각을 했었는지 알아? 세상이 두 쪽 나도 난 죽지 않을 것만 같았어. 다른 사람들은 모두 그 재앙으로부터 벗어나려고 발버둥 치고 있을 때도 난 어느 나무 밑에 앉아서 '난 정말 살고 싶지 않아' 하며 머리를 쥐어뜯고 있을 거라고 생각했어. 웃기지 않아?"

"아니, 조금도……."

소희의 얼굴은 금세 어두워졌다. 그리고 진성의 얼굴을 보고 다시 물었다.

"그럼 지금은 그때와 생각이 다르니?"

"많이 다르지. 난 죽고 싶지 않아, 그때 이후론 주욱 그랬어. 그런데……."

"그런데?"

"요즘엔 자꾸 나쁜 꿈을 꿔."

"무슨 꿈?"

"내가……."

"응, 말해 봐."

"내가 널 죽이는 꿈……."

순간 소희의 얼굴은 차갑게 굳어졌지만 이내 표정을 바꾸었다. 그리고 오르골의 발레리나들을 바라보며 말했다.

"진성아, 우린 얘네처럼 늘 함께할 순 없는 걸까?"

진성은 소희가 철없는 어린아이 같아 소희의 머리를 쓰다듬었다.

진성의 부드러운 손길에 소희는 좀 더 깊이 머리를 들이밀고 이에 둘은 웃어버렸다. 진성과 소희가 웃는 사이 오르골 발레리나의 움직임이 점차 느려지고 있었다.

나는 이제 너에게로 가네.

아무 두려움 없이 맨발로 그대에게 가네.

이 작은 손바닥으로 너의 등을 쓸어내리며,

꽃처럼 바람에 내 온몸을 휘날리며,

난 이제 너에게로 가네.

나의 이 굽은 등을 만져 보겠는가, 그대여.

나는 눈이 멀고 귀도 먹어 아무 말도 못하지만,

그대가 살아 있고 나 역시 살아 있다는 사실은 누구보다도 확실히 알고 있다네.

네 손바닥에 못을 박아 벽에 걸어…

무슨 그림이라도 되는 듯이…

어리석은 시간들이 내 위를 먼지처럼 덮고…

마침내 두 눈 위로 곰팡이가 슬어…

어깨 위로 커다란 거미 서너 마리…

아무렇지 않게 발을 내디디는 그 순간까지라도…

나는 그대에게 가는 길 위에 서 있네…

서 있네…….

다 상관없는 짓들이야.

이 지긋지긋한 전쟁터… 더는 견뎌낼 수가 없다.

이런 개 같은 짓거리들을 잠자코 보아야 하나… 언제까지 나는 이러한 모욕을 겪으며 살아야 하는 걸까?

내가 숨어버리면 되는 것이라고… 내가 참으면 되는 것이라고…

하지만 내가 아무리 숨을 죽이고 숨어도… 모욕을 견디며 참아내도… 어디서든 그 소리는 계속해서 내 귀가에 들려온다.

마치 내가 태어나기 전부터 계속되어 왔던 전쟁처럼 아주 잠깐의 휴식도 없이 앞으로도 계속되어 갈 전쟁처럼 그들은 나를 괴롭히고 억누른다.

끝이라는 건… 끝이 난다는 건…

53

둘 중의 하나가 완전한 패배를 맛보고 난 후겠지.

두 눈을 똑바로 부라릴 상대가 없어질 때까지 저들의 공격은 없어지지 않을 것이다.

이젠 지겹다…….

하루도 날 내버려 두지 못하는 저들의 공격에 이젠 그 어떠한 행동을 취하기도 지겹고… 힘들고… 징그럽다…….

갈 곳만 있다면 어디로든 도망칠 텐데… 내가 앉아 있을 만한 곳은 아무 데도 보이지 않는다.

내일이 되면 저들은 다시 나를 뜯어먹으려 버둥거릴 테다.

나 역시 하루에도 열두 번씩 마음속으로 '병신!' 하고 외치고 난후, 뺨을 한 대 올려붙이고 '왜! 왜! 왜!' 하며 따지고 든다.

그들은 알아야 한다.

인간에 대한 정신적 학대를 그만두지 않는… 그야말로 더러운, 평생 혼자여야 하는… 자신들도 어디서든 받는 고문이 그것이여야 할 그들은 이제 나의 고통을 알아야 한다.

갈증이 난다.

몇십 년도 더 된 듯한 갈증이 내 혓바닥에 뿌리를 내리고 있다.

그 속에서 검게 타버린 내 마음이… 내 증오가 자란다.

—혜주의 일기 中에서

스탠드의 불빛이 비춰지는 혜주의 방 책상 위에는 자신의 어릴 적 사진이 놓여 있었다. 터질 듯이 발그레한 볼을 가진 어릴 적 혜주.

날씬하고 예쁘게 변한 혜주의 모습

그것은 혜주라기보다 오히려 소희와 더 흡사한 모습이었다 혜주는 어릴 적 자신의 사진을 마주하고 무언가 진지하게 그림을 리고 있었다. 그림을 그리는 중에도 과자를 놓지 않는 손이 부산하게 움직였다.

'우적우적' 씹어 먹으며 손가락에 묻은 과자 부스러기까지 쪽쪽 빨아대는 혜주.

혜주의 그림에는 여우계단을 올라가는 본인의 모습과 스물아홉 개의 계단에서 놀라는 표정이 상세히 표현되고 있었다. 그곳에 정성스럽게 말머리 풍선을 그려 넣는 혜주는 '살이 쏙 빠지게 해주세요!' 라는 글을 적어 넣고 있었다. 다음 컷에서 날씬하고 예쁘게 변한 혜주의 모습, 그것은 혜주라기보다 오히려 소희와 더 흡사한 모습이었다.

혜주는 너무나 만족스런 모습으로 자신의 그림을 바라보고 있는데 어디선가 물방울 떨어지는 소리가 들려왔다. 돌아보니 한쪽에 정성스럽게 널어놓은 소희의 체육복에서 물기가 떨어지고 있었다.

혜주는 체육복 밑단에 고여 있는 물을 힘껏 비틀어 짜내었다. 그러자 흉하게 체육복이 구겨져 버려 혜주는 화들짝 놀란 표정으로 다시금 곱게 체육복을 펴내기 시작했다.

소희는 혜주에게 있어 동경의 대상이었다. 그 아이의 작고 갸름한 얼굴과 긴 팔다리와 잘 어울리는 예쁜 몸매… 그 아이의 곧은 목을 보면 혜주는 황홀경에 빠질 지경이었다.

혜주는 소희의 체육복에 코를 가져다 대본다. 마치 소희의 내음을 맡으면 자신도 소희처럼 될 것 같은 꿈을 앓고서…….

진성의 방에는 불을 끄면 천장의 야광 스티커가 예쁜 모습으로 빛을 발한다. 소희는 그 모습에 빠져 천장에서 눈을 떼지 못하고 있었다. 금방이라도 잠이 들려는 듯 두 눈을 감고 있는 진성과는 다르게 소희는 좀처럼 잠이 오지 않았다.

"진성아, 자니?"

"아니……."

사실 피곤해서 눈을 뜰 겨를조차 없는 진성이었다.

"진성아, 자지 말아봐. 내가 무서운 이야기해 줄게."

소희는 진성에게 자신의 어릴 적 이야기를 털어놓기 시작했다.

소희는 어릴 적 몸이 약한 아이였다. 늘 병원 아니면 집에만 있었던 탓에 마땅한 친구 하나 없던 그녀는 자신만의 놀이를 만들어 나갔는데 그중 하나가 장롱 놀이였다. 장롱 속에 이불을 쌓아놓고 그 안에 들어가 인형놀이를 하는 순간 장롱은 소희에게 있어 놀이 터이자 친구가 되고는 했다.

그날 역시 여느 날처럼 자신이 좋아하는 토끼 인형을 하나 안고 서 장롱 안으로 들어간 소희는 다른 때는 보지 못했던 문 하나를 발견하고 그 안으로 들어가게 되었다.

지금 소희의 나이에 생각해 보자면 말도 안 되는 일이었지만 그 당시 어린 소희로서는 그런 것을 판단할 능력이 있을 리 없었다.

어린 소희는 그 문 안으로 들어가게 되고 그 문은 옆집과 연결되 어 있었다. 그 집 안에는 묘하게도 아무런 살림살이도 없고 휠체어를 탄 꼬마 여자 애뿐이었는데 소희의 눈에 비춰진 그 아이는 늘 삐그덕거리는 휠체어를 끌어 같은 자리를 맴돌 뿐이었다. 소희는 그 이후로도 그 집에 거의 매일 가다시피 했었고 그때마다 꼬마가 하는 행동은 비슷했다.

어느 날 어린 소희는 그 아이와 친해지기로 마음먹고 용기 내어 그 아이를 불러보았다. 그러나 소희를 바라보지 않는 휠체어 위의 꼬마는 어린 소희의 마음을 애태웠고 소희는 그런 아이에게 한 발자국 다가가 어깨에 손을 올렸다. 그러자 '획' 하니 소희를 바라보는 꼬마. 놀랍게도 그 꼬마의 눈은 흰자뿐이었다.

"정말이지 얼마나 놀랐는데, 검은 동자가 없다니 말이야!"

진성은 눈을 번쩍 뜨고는 믿을 수 없다는 듯이 소희를 바라보았다. 잠이 달아난 듯 진성의 눈이 다음 이야기에 대한 호기심으로 가득 차 있었다. 소희는 진성의 반응에 더욱 신이 난 듯했다.

"하이라이트는 이번부터야. 내가 서울로 이사 가던 날 엄마랑 옆집에 인사를 갔거든. 근데 그 꼬마는 보이지 않고 그 애가 쓰던 방도 비워져 있는 거야. 그래서 내가 아줌마한테 물어봤더니 글쎄… 그 꼬마가… 3년 전에…….

진지하게 소희의 이야기를 듣던 진성은 소희의 말을 가로채었다.

"3년 전에 교통사고로 죽었거나, 병으로 죽었겠지."

"어! 어떻게 알았어?"

김샜다는 듯 도로 누워버리는 진성에게 소희가 재차 묻자 진성은 뻔한 스토리 전개라며 소희에게 무안을 주었다. 그런데 그때 어디선가 삐그덕거리는 휠체어 소리가 들리고 둘은 순간 긴장하기 시작했다.

"소, 소희야… 이거 뭐지……?"

알고 보니 진성을 놀래키려고 소희가 침대를 움직여 대는 소리였다.

"뭐야? 너 죽었어."

이불 속으로 소희를 잡아당겨 간지럼을 태우는 진성과 자지러질 듯 넘어가는 소희의 웃음소리. 소희와 진성은 서로를 부둥켜안고 행복해했다.

창밖으로 둥근 달이 기울어가고 있었다.

그날 밤 진성은 꿈을 꾸었다. 별빛이 비춰지는 어둡고 고요한 길… 구불구불하게 곡선을 그리는 그 길은 숲과 연결되어 있는 듯했다.

곳곳에 있는 나무 그루터기와 진성의 머리 위로 일렁이는 여린 잎사귀… 그리고 한눈에도 잘 가꾸어진 숲이라는 것을 알 수 있는 짙은 녹음에 진성은 기분 좋은 편안함을 느끼고 있었다. 이 방의 땅에서 느끼는 편안함이란 진성을 들뜨게 만들고 있었다.

이때 꿈속의 진성은 누군가가 자신을 바라보고 있다는 사실을 알게 되었다. 구불구불한 숲으로 난 길 위에 서 있는 여자 아이… 그 여자 아이는 진성을 물끄러미 응시했고 진성은 무엇엔가 홀린 듯 따라가고 있었다.

　얼마나 걸었을까? 여자 아이는 보이지 않았고 대신 '끼익… 차르르…' 하는 녹슨 쇠의 마찰 음에 진성은 귀를 막았다. 좀 전에 보았던 그 아이는 휠체어를 타고 진성의 주변에 원을 그리며 돌고 있었다. 긴 머리카락에 가려 얼굴은 보이지 않은 채……

　진성은 다가가서 그 아이의 어깨를 잡았다. 천천히 진성을 보는 여자 아이의 얼굴… 잘린 다리를 제 무릎 위에 얹어놓고 휠체어에 몸을 의지한 소희의 얼굴이었다.

　"헉!"

　진성은 숨이 멎을 듯한 공포감에 놀라 눈을 떴다. 방 안으로는 깨질 듯한 햇살이 비춰 들어와 진성은 순간적으로 눈을 질끈 감았다.

　어느 정도 햇빛에 눈이 익숙해지고 나서야 소희를 찾는 진성. 그러나 진성의 방은 어느새 텅 비어 있었다.

　'지지배, 깨우고라도 가지.'

　소희는 진성에게 주는 선물이라며 오르골과 편지를 남기고는 먼저 등교를 한 듯 보였다. 진성은 소희가 주고 간 편지를 펴보았다.

　친애하는 진성에게.

　잠깐의 휴식… 달콤하다. 흐음, 이런 식의 휴식이란 아무것도 갖고 있지 않아도 좋을 만큼 유쾌하다.

　오랫동안, 참으로 오랜만에 거울로 나를 비춰보면서 사실은 잠시 우울해지기도 했어. 단 이틀이 마치 한 달인 양 느릿느릿 지나가니 그만큼 나도 늙는 것 같다.

늙는다, 늙어간다, 적절치 못한가? 오늘은 조금 건방을 떨어도 괜찮지 않을까?

사방에서 틱, 틱, 가구들이… 컴퓨터가… 소리를 낸다. 저것들도 소리를 내내. 미세하게 벌어진 금들을 부수히 보아온 나로서는 그 금들이 점점 더 벌어지며 가끔은 비명을 지르기도 한다는, 어처구니없는 사실을, 두 귀로 목격한 나로서는 날이치, 저것들 역시 아프기 때문에, 아프다는 것을 호소하고 싶어, 꾸역꾸역 몸을 뒤틀어 보는 것이 아닌가 하는, 또 한 번의 어처구니없는 생각을 해. 무엇 때문에 아픈가는 절대 생각하고 싶지 않아. 왠지 그 고통의 반 이상이 내 책임인 것만 같으니… 더 더욱 무책임하지만 여기서 그만두어야지.

언제쯤에나 이 재미없는 낙서가 네 손에 무겁게 들려질지 모르겠지만, 되도록 내 바람대로, 빨리빨리었으면 좋겠다. 네 얼굴, 보고 싶으니까.

일상을 걱정하는 것이 가장 힘들구나. 온통 일상뿐이다. 일상 외의 삶이라고 해도, 만약에 그런 것이 실재한다면 지금보다 과연 얼마나 더 나을지……

괴롭다, 아침을 맞이하기란. 그와 더불어 흡혈귀와도 같은 생활 패턴을 고수하는 나, 나를 바라보기란.

한참 전에 쓴 편지로군.

진성은 편지를 책상 위에 던져 둔 채 부스스 일어나 학교 갈 준비에 서둘렀다. 머리가 무겁다.

점심 시간 아이들이 중앙 현관에 몰려 부산스러웠다. 이유는 소희의 교복 입은 모습이 걸린 것이다.

소희는 학교 교복 모델을 맡았고 아이들은 그에 대해 찬사를 아끼지 않았다. 그러나 언제나처럼 트집 잡는 트집쟁이 하나, 미술과 윤지였다.

"아무리 봐도 애는 얼짱으로서 뭔가 부족해. 비너스 같은 카리스마가 없잖아? 차라리 내가 만들면 이보다 낫겠다. 씨~"

경진과 영은 윤지의 말에 콧방귀를 끼었다.

"야! 야! 너가 뭐라고 비너스를 만드냐?"

윤지는 둘에게 주먹을 들어 보였다.

"너희들이 예술을 알아? 아무튼 난 비너스를 능가하는 최고의 여신을 만들 거야. 그래서 이딴 거 싹 치워 버리고 한윤지표 비너스를 전시하는 거지. 이 한목숨 바쳐서 걸작을 건질 수 있다면 난 죽어도 좋아."

경진과 영은 윤지의 말이 사실이라도 된 것인 양 놀라워했다.

"우와~ 목숨을 바친대. 한윤지, 또 필 받았나 봐."

"필? 그거 나도 알아. 에프 이이 엘. 필~"

늘 쓸데없는 말만 하는 이 셋이 떠드는 사이 멀리서 혜주가 빵과 우유를 들고 걸어오고 있었다. 이 모든 간식거리는 윤지와 그 일당이 시킨 것이다.

셋은 혜주에게서 낚아채듯 간식을 빼앗아 들고는 그것을 우적우적 씹어 먹기 시작했다. 그런데 무슨 일인지 혜주는 먹지 않고 있었다.

"너 건 왜 안 샀냐?"

볼이 터질 듯 밀어 넣던 윤지가 묻지만 혜주는 말이 없었다.

"그래, 넌 좀 빼야겠다, 이런 거 먹어봤자 살만 찌고 영양가도 없는 건데, 안 그래?"

윤지 일당은 깔깔거리며 사라지고 혜주는 사진 속 소희에게 말을 건냈다.

'소희야, 네 체육복 너무 잘 입었어… 고마워…….'

'고맙긴. 언제든 필요한 거 있음 빌려가고 해.'

혜주가 만들어낸 환상 속의 소희가 대답을 해주자 혜주는 스스로가 만들어낸 환상에 빠져 배시시 웃고 있었다. 만들어낸 환상, 환청이라도 그것이 소희라면 혜주는 마냥 행복했다.

한산한 무용과 사무실 앞 복도에서 소희와 진성이 무언가를 열심히 보고 있었다. 다름 아닌 모란 콩쿨의 공지 포스터.

뚫어지게 포스터를 바라보는 진성의 눈은 감격에 눈물까지 맺히고 있었다.

"진성아, 울어?"

진성은 민망한 듯 슬쩍 눈가를 훔쳤다.

"왜? 그렇게나 기다리던 게 눈앞에 있으니까 떨리니?"

진성은 감격스럽다는 듯 가슴을 쓸어내리고 다시 콩쿠르 포스터를 바라보았다.

모란 콩쿠르는 진성이 바래왔던 꿈이자 미래였다. 발레하는 것이 힘들어도 모란 콩쿠르에서 입상하는 자신을 생각하며 모든 고통을 감수해 왔었다.

소희는 발레에 관한 열정으로 가득한 진성의 이런 모습을 따뜻한 표정으로 바라보고 있었다.

"진성아, 이제 그만 들어가야지."

진성은 떨어지지 않는 발걸음을 억지로 떼어내며 소희와 팔짱을 끼고 사무실 안으로 들어갔다. 그런데 소희와 진성이 사라지자 게시판에 붙어 있던 멀쩡한 포스터가 '툭' 하니 떨어지고 '자격 : 학교에서 추천받은 대표 1명, 특전 : 입상자에 한하여 러시아 발레 스쿨 유학 기회 수여' 라고 쓰인 포스터의 문구가 이내 지나가던 다른 과 아이들의 발에 밟혔다.

무용과 선생은 소희가 들어서자 기다렸다는 듯이 의자를 내어주며 앉으라는 시늉을 했다.

"게시판 공지 붙은 거 봤지? 난 소희 네가 지젤로 나갔으면 하는데……."

무용선생의 말에 진성의 표정이 일순간 굳어져 버렸다. 소희가 이런 진성의 표정을 놓칠 리 없었다.

"선생님, 전 아직 다리가······."

"너무 오래 쉬면 오히려 안 좋아. 이제 조금씩 몸도 풀어줘야지."

무용선생은 마치 소희 외에는 지젤을 할 수 없다는 듯 단호했고 진성의 몸은 못에 박힌 듯 경직되어 있었다. 그동안 이 순간을 얼마나 기다려 왔는데 기회조차 주어지지 않는다면 진성에게 있어 이보다 더한 절망은 없기 때문이었다.

"넌 기본기가 좋아. 한동안 쉰 게 마음에 걸리긴 하지만··· 넌 테크닉도 완벽하고 표현력도 좋으니까 선생님들은 걱정 안 해. 이번 콩쿨은 발레리나로 성공할 수 있는 좋은 발판이 될 거야."

무용선생의 안중에 진성은 존재하지도 않는 듯했다. 진성은 뛰쳐나가고 싶은 것을 억지로 자제하고 있었다. 소희는 그런 진성이 불안하였다.

"선생님, 지젤의 자리는 저보다 진성이가······."

"그래, 말 잘했다. 너 요새 왜 그렇게 진성이랑 까불고 다녀? 어머님께 전화 넣었으니까 준비 들어가. 알았지?"

무용선생이 소희에게만 다정한 웃음을 보내자 진성은 조용히 문을 열고 나와 버렸다. 진성의 눈빛은 어둠에 잠긴 듯 막막할 뿐이었다.

현관의 신발장 앞에 진성이가 혼자 우두커니 서 있었다. 자신의 신발장을 열어 구두를 신는가 싶더니 진성의 눈은 가지런히 놓여 있는 소희의 구두로 향했다. 소희의 구두를 꺼내어 매몰차게 던져 버리는 진성은 그걸로도 분풀이가 되지 않는지 소희의 구두를 밟고 지나갔다.

검은 구두 위에 선명하게 남의 진성의 발자국, 진성은 현관 유리 너머로 차갑게 멀어지고 차가운 복도에는 소희의 구두만이 뒹굴고 있었다.

진성의 방 안에는 오르골의 멜로디가 울리고 있었다. 오르골 위의 두 발레리나 중 하나를 진성은 손가락 하나로 밀어내었다.

힘없이 떨어지는 발레리나가 바닥을 뒹굴고 이어 종이 찢는 소리와 함께 찢겨진 사진 한 장이 나풀거리며 인형 위로 떨어졌다. 사진 속에는 꽃다발을 들고 진성을 안고 있는 소희의 모습이 담겨져 있었다. 진성은 모든 게 다 구차스러운 듯 침대에 얼굴을 묻고 잠을 청했다.

진성은 꿈속에서 소희를 제치고 지젤을 맡았다. 수많은 역할 중 단연 돋보이는 지젤의 역을 훌륭히 소화해 낸 진성에게 찬사와 꽃다발이 선사되고 발레리나 동료들은 그러한 진성을 자랑스러워하고 있었다.

진성이 관객들을 향해 인사하는데 관객석 정중앙에 자리 잡은 소희의 모습이 눈에 들어왔다. 소희는 진성을 무표정하게 바라보고 있었다. 그것을 신호로 점점 조용해지는 관객석… 진성은 다리에 스물거리는 묘한 느낌을 받고 아래를 내려다보았다.

기겁하여 비명을 지르는 진성과 동료 발레리나들… 토슈즈의 리

본이 뱀으로 변하여 진성의 다리를 감아 올리고 있었던 것이다.

뱀이 스치고 지나간 자리마다 검푸른 멍 자국이 생기고 타는 듯한 붉은 혀를 낼름거리는 뱀의 눈은 그 누군가처럼 새하얗다. 날카로운 진성의 비명이 늦은 밤 기숙사 복도에 메아리치고 있었다.

잠에서 깨어난 진성은 더 이상 잠을 청할 수 없는 듯 머리를 털고는 일찌감치 학교의 본관으로 들어갔다. 현관에서 실내화를 갈아 신는데 어디선기 흘러나오는 불빛, 전시관이었다. 진성은 호기심에 전시관 안으로 발걸음을 돌렸다.

전시관 안에는 미술과 학생들의 다양하고도 숙련된 작품들이 즐비해 있었다. 그중에는 유독 화려한 윤지의 작품도 있었고 여우계단을 부조해 놓은 혜주의 작품도 눈에 띄었다.

진성은 자기도 모르는 사이 계단을 만져 보고 싶은 충동에 손가락을 가져다 대는데 등 뒤에서 누군가 다가오는 느낌을 받았다.

갑작스러운 인기척에 놀라 뒤를 돌아보니 그곳에는 푸대 자루같이 헐렁해진 교복을 입은 혜주가 서 있었다. 놀라운 것은 그동안 진성이 보았던 뚱뚱한 혜주는 온데간데없고 날씬해진 혜주의 모습만이 있던 것이다.

"무용과 학생이 여긴 어쩐 일이야?"

혜주는 이른 시간에 타 과 학생이 온 것에 대해 의문스러운 듯 진성에게 물었다. 혜주의 몸매에 놀란 진성은 눈을 떼지 못하고 어색하게 말을 건넸다.

"너, 어디 아프니? 왜 그렇게 살이 빠졌어?"

혜주는 진성의 질문에 씁쓸하게 미소 지었다.

"고마워! 그렇게 말해 준 건 너가 처음이야. 다른 애들은 내가 변한 것도 모르나 봐."

진성은 믿을 수 없었다. 그렇게나 거구였던 아이가 이 정도로 빠졌는데 아무도 몰라준다는 것은 말이 되질 않는 듯했다.

"너 윤지 그 애들이랑 친한 거 아니었어? 너한테 아무 말도 안 해줘?"

혜주는 부끄러운 듯 고개를 떨구었다. 사실 윤지나 경은, 영 같은 아이들에게 혜주는 친구가 아닌 단지 심부름꾼 정도였던 것이다.

"응… 나 개네들 친구 아니야."

진성은 혜주의 표정에서 눈치를 채고 미안하다는 사과를 건네었다. 어느 고등학교에서나 한 반에 한둘쯤 존재하는 왕따가 혜주였던 것이다. 그간 진성은 윤지와 몰려다니기에 별다른 눈치를 못 채고 있었다.

"네가 미안해할 건 없지… 내가 못나서 그런 건데. 그런데 너 혹시… 이 계단의 전설 아니?"

진성은 화제가 잘 바뀌었다 싶어 얼른 계단으로 고개를 돌렸다.

"소원을 빌면 이루어주는 계단이래. 스물여덟에서 아홉 개가 되면 말이지."

진성은 문득 소희가 생각나서 피식 웃음을 터뜨렸다.

"풋! 너도 그거 믿는 거야?"

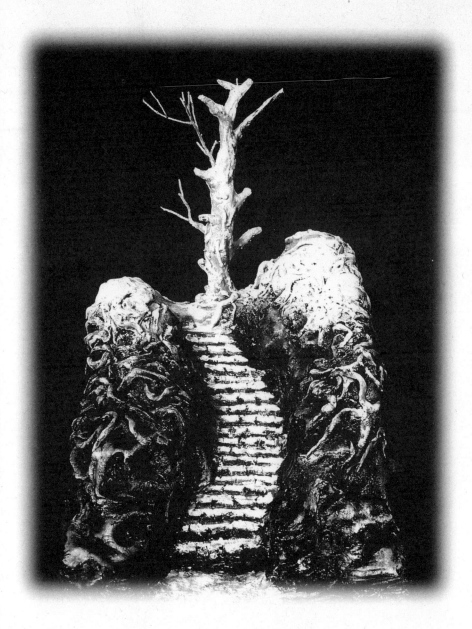

"소원을 빌면 이루어주는 계단이래.
스물여덟에서 아홉 개가 되면 말이지."

"난 이 계단에서 살 빠지게 해달라고 빌고 나서 소원이 이루어졌거든."

진성이가 못 믿겠다는 듯한 표정을 짓자 혜주는 소원의 계단은 자신의 이야기를 들어주었을 뿐만 아니라 자신의 소원도 들어준 고마운 계단이라고 장황하게 설명해 나갔다.

말을 하는 혜주의 표정 속에서 진지함을 발견한 진성은 더 이상 아무 말도 하지 못하고 바라볼 뿐이었다.

"난 정말 믿어. 이 계단에 마음을 바치면 정말 스물아홉 번째 계단이 나와서 소원을 들어주거든."

진성은 혜주의 진실한 눈빛과 혜주의 변한 몸을 바라보고는 여우계단을 손가락으로 매만져 보았다.

오후의 한낮 소희가 사물함 안을 오랫동안 뒤지고 있었다. 이번에는 토슈즈가 없어진 듯했다. 아무리 찾아도 무용복 틈 그 어디에서도 소희의 토슈즈는 보이지 않았다. 소희는 거의 울기 직전이 되어 진성 앞에서 발을 구르고 있었다.

"진성아, 어떻게 해. 내 토슈즈 아무리 찾아도 보이질 않아."

"잘 찾아봐."

"다 뒤졌는데도 보이지 않는걸."

탈의실 안에는 이미 아이들이 무용실로 다 빠져나간 상태라 진성과 소희뿐이었다. 오늘은 소희가 붕대를 풀고 처음 발레하는 날이다.

'하필이면 요즘 같은 때에……'

진성은 내키지 않는 표정으로 자신의 토슈즈를 내려다보았다.

무용실에서 진성은 타이즈만 신고 발가락을 꼬물거리고 있었다. 그리고 진성이 바라보는 그곳에서 소희가 춤을 추고 있었다. 진성의 토슈즈를 신은 채.

아이들은 방금 붕대를 푼 아이라고는 믿을 수 없는 소희의 움직임에 감탄을 연발하고 있었다.

"우와! 쟤는 무슨 붕대를 풀자마자 날아다니냐."

소희의 동작은 다쳐서 쉬었던 아이라고는 볼 수 없을 정도로 완벽에 가까웠다. 동작이 끝나고 마무리 자세로 멈춰 있는 소희의 모습에 무용선생은 흡족한 표정을 지었다.

넋을 잃은 듯 앉아 있던 진성은 선생이 다음 차례를 호명하자 정신이 든 듯 다리를 풀었다. 서둘러 뛰어 들어와 토를 벗어 건네주는 소희, 가쁜 숨을 몰아쉬며 자신의 신었던 토를 진성의 뺨에 대준다.

소희가 열심히 한 성과를 말해 주기라도 하듯 슈즈의 후끈후끈한 열기가 진성의 뺨으로 전해졌다. 소희에게 어색한 미소를 지에 보인 진성은 토슈즈 신은 발을 꾹꾹 누르며 홀 가운데로 나갔다. 이어 큐 사인과 함께 동작을 시작하는 진성의 동작이 어딘지 모르게 부자연스러웠다.

무용과 사무실 앞에서 진성은 자신의 다리를 원망스러운 듯 바라보고 있었다. 노력이라면 충분할 정도로 하고 있는 진성이었다. 그런데 소희와 같은 완벽한 '고'는 나오지 않고 있었다. 발가락을 꾸욱 누르자 들리는 건 '우드득' 뼈 소리뿐이었다. 이때 밝은 표정으로 나오는 소희는 무언가 기분이 좋은 듯 핸드폰을 꺼내며 웃고 있었다.

"잠시만. 나 엄마랑 통화 잠깐 하고 같이 슈즈 사러 가자."

소희는 전화 통화를 하며 복도 끝으로 사라지고 진성은 무언가 결심한 듯 과 사무실로 들어갔다. 소희는 전화에 정신이 팔려 진성이 과 사로 들어가는 것을 모르는 듯했다.

책상 앞에 앉아 있던 무용선생은 진성이 찾아오자 의아스러운 듯 바라보았다.

"진성이, 왜?"

진성은 어려운 듯 망설일 뿐 정작 하고 싶은 말은 꺼내지 못하고 있었다.

"할 말 있어?"

진성은 그제야 무언가 결심한 듯 힘겹게 입을 열었다.

"저… 선생님, 상담 좀 하고 싶은데요."

진성의 표정은 그 어느 때보다도 단호해 보였다.

복도에 어둠이 깔리고 좀 전에 진성이 서 있던 자리에는 소희

72

가 대신 서 있었다. 과 사무실 문이 열리고 진성이 붉어진 얼굴로 나오고 있었다. 코와 눈이 붉은 걸로 보아 울은 것이 분명했다.

진성은 소희와 눈이 마주치자 얼른 얼굴 매무새를 다듬었다.

"거기 있었어? 한참 찾았는데… 말 좀 해주고 가지 그랬어."

소희가 불안하게 진성의 뒤를 따라가는데 진성은 말이 없었다.

"진성아, 왜 그래? 울었니? 나 좀 보고 얘기해 봐."

진성의 팔을 붙잡고 세우는 소희에게 진성은 팔을 뿌리치며 외면했다.

"오늘은 너 혼자 가라."

애써 고개를 돌리는 진성의 얼굴을 소희는 억지로 돌려세웠다. 퉁퉁 부은 눈에는 다시금 눈물이 흘러내리고 있었다.

"지, 진성아……."

소희는 진성이 왜 그러는지 도무지 영문을 알 수 없었다.

"너 오디션 보기로 했다면서? 나도 볼 거야. 니가 어떻게 생각하든 상관없는데 오디션 보고 말 거야."

거친 진성의 말투에 소희는 막연한 눈빛을 보낼 뿐이었다. 소희가 오디션을 보기로 마음먹은 이유는 단 한 가지, 진성과 함께 콩쿨 대회에 나가고 싶은 마음 그것뿐이었다. 그런데 지금 진성이 자신 때문에 울고 있었다.

"그렇게 보지 마. 내가 뭐 잘못한 거라도 있니? 나도 너만큼 잘할 수 있어. 두고 봐!"

진성은 멍한 소희를 버려두고 돌아서서 가버렸다. 빈 복도에
서 점점 멀어져 가는 진성의 뒷모습을 소희는 막연히 바라볼 뿐
이었다.

작은 불빛들이 점점이 빛나는 기숙사 앞에서 진성은 맥없이 한숨만 쉬고 있었다.

진성이 여우계단을 향해 발을 떼자 어디선가 묘한 울림을 가진 바람이 불기 시작했고 좁고 길게 늘어진 계단을 보던 진성이 떨리는 표정으로 계단을 올랐다. 바람에 날리는 진성의 머리카락과 그 바람결을 따라 계단 옆의 숲도 살아 있는 듯 일렁이기 시작했다.

"하나, 둘, 셋……."

진성의 머리 속에는 늘 노력해도 따라잡을 수 없는 소희의 타고난 발레 조건이 스쳐 지나갔다.

"스물다섯, 스물여섯……."

'난 잘할 수 있어, 발레는 내 인생의 전부이니까.'

75

"스물일곱, 스물여덟……."

진성의 발이 멈추어 섰다. 믿을 수 없는 일이 생긴 것이다. 그것도 진성의 눈앞에서…….

진성의 바로 발 아래 남은 한 개의 계단… 진성은 침을 삼키며 뒤를 돌아보았다. 아무도 없었다.

진성은 복잡한 표정으로 힘겹게 나머지 한 계단에 발을 올렸다.

"스물아홉."

진성의 말과 동시에 계단에 부는 신비한 바람 소리가 진성의 귓가를 스쳐 지나갔다.

"여우야, 여우야, 내 소원을 들어줘."

소원을 말하는 진성의 입술이 덜덜 떨리고 있었다.

"나, 나 말이지… 콩쿨에 나가고 싶어. 나 윤진성 콩쿨에서 입상하고 싶어."

소원을 말한 진성의 몸을 한 차례 바람이 불어와 낙엽으로 감쌌고 여우계단 꼭대기에 위태롭게 서 있는 진성의 모습은 처절해 보이기까지 했다.

"여우야… 여우야… 뭐 하니… 내 소원을 들어줘… 내 소원을 들어줘……!"

몇 번씩이나 악을 지르듯 소원을 비는 진성의 눈에서 눈물이 흘렀다. 모든 사건은 순식간에 일어나 끝이 난다. 어떻게 손을 쓸 수 없을 정도로, 그 다음에 감당해야 할 부분들도…….

그러나 너무도 광범위하고 포괄적이며, 짐승적인 동시에 차갑기

까지 하다. 후회없이 일을 처리하기 위해서 무엇보다 중요한 것은 사건보다 더 냉철한 시각과 감정을 갖는 것이며 최대한으로 속도 역시 빨라야 한다. 그 일들이 순식간에 일어났던 것처럼 파멸 또한 빨라야 상처 또한 빨리 아물 테니.

혜주는 빨아서 곱게 개어놓은 소희의 체육복을 책상 위에 올려놓았다. 교탁 앞에서 수다를 떨다가 이를 보고 후닥닥 달려오는 윤지는 또다시 혜주를 놀린 심산으로 그 체육복을 들어 혜주의 몸에 대어보았다.

"야! 너 이거 아직도 안 가져다 줬냐? 너무하네, 진짜."

혜주는 지난번 곤욕스러웠던 기억이 떠올라 당황스러워하는데 아닌 게 아니라 윤지는 체육복을 활짝 펴서 혜주의 몸에 대어보았다. 그러나 놀란 것은 혜주가 아닌 윤지였다. 혜주의 살이 빠진 것을 이제야 눈치 챈 것이다.

"야, 엄뚱. 너 왜 이리 부실해졌어? 얼~ 오늘 보니 완전 반쪽인데?"

윤지의 큰소리에 아이들이 몰려들었고 아이들은 혜주의 몸을 구석구석 훑어보기 시작했다.

신기해하는 아이들 틈에서 혜주는 어찌할 바를 모르고 윤지는 체육복을 쫘악 늘려 혜주의 몸에 다시 대어보았다.

"이봐! 옛날엔 이만한 몸이었는데 이제는 이거 반으로 접어도 맞잖아?"

윤지와 경진은 혜주에게 다이어트를 해냐는 둥, 지방 흡입을 했냐는 둥 끊임없이 곤욕스럽게 혜주를 다그쳤고 아이들은 혜주가 물건이라도 되는 냥 몸 구석구석을 만져 보았다.

윤지는 혜주를 여러 사람 앞에서 놀림감으로 만들 생각이었는데 아이들이 진심으로 감탄하는 듯하자 다시금 찬물 끼얹는 소리를 빼놓지 않았다.

"야! 솔직히 이거 마른 건 아니지. 옛날에 비해 찌∼끔 빠진 거 아냐? 옛날에 그게 사람 몸이었냐, 코끼리 몸이었지."

그러나 아이들은 윤지의 말은 신경도 쓰지 않은 채 혜주에게 관심을 보이기 시작했다. 짜증이 난 윤지는 들고 있던 체육복을 던져 버리고 혜주는 그것을 덥썩 받아 들었다. 그리고 소중한 보물을 안 듯 소희의 체육복을 제 품에 끌어안았다.

한쪽에 모여 토슈즈를 신는 아이들 틈에서 어색하게 소희와 진성이 앉아 있었다. 새로운 토를 신는 소희와 다 뭉개진 토를 신는 진성, 소희는 그런 진성의 슈즈가 마음에 걸리는 듯 시선을 거두지 못하고 있었다.

"자, 1조부터 나와!"

무용선생의 말이 떨어지기가 무섭게 아이들은 우르르 일어나고 진성과 소희 역시 창가의 바에 가서 섰다.

다섯 명씩 한 조를 이루는 1조의 아이들은 넓직히 자리를 잡고 소희와 진성은 앞뒤로 자리를 잡았다.

무용선생의 고함 소리가 공기를 가르고
아이들의 다리는 음악에 맞추어 구부러졌다

음악이 시작되자 똑같은 동작을 선보이는 다섯 명의 아이들을 무용선생은 날카로운 눈빛으로 꼼꼼히 체크하며 점수를 적어 넣고 있었다. 하는 아이들 못지않게 지켜보는 대기실의 아이들 역시 긴장이 흐르기는 마찬가지였다.

"다음 탄튜! 내가 다리만 본다고 분명히 말했다!"

무용선생의 고함 소리가 공기를 가르고 아이들의 다리는 음악에 맞추어 구부러졌다. 일렬로 선 아이들의 다리에서는 뻣뻣함과 유연함의 차이가 확연히 드러나는데 그것이 곧 발레리나의 기본 실력을 말해 주고 있었다. 오늘따라 긴장한 진성의 다리는 유난히 뻣뻣했다.

"윤진성, 발등 안 밀래? 응? 발등을 밀어야지!"

진성은 무용선생의 지적에 얼굴이 벌게져 소희를 돌아보는데 소희는 진지한 표정으로 꼿꼿하게 자세를 잡고 있었다. 그 아래 부드럽게 곡선을 그린 소희의 유연한 다리가 진성과 무용선생의 시선을 잡았다.

무용과 아이들의 테스트가 모두 끝나고 교복으로 갈아입는 탈의실 앞에 혜주가 체육복을 곱게 접어들고 있었다. 무용과의 여학생 하나가 밖으로 나오다 말고 혜주에게 말을 걸어주었다.

"누구 찾니? 불러줄게."

혜주는 소희를 마냥 기다려야 할 줄 알고 걱정하고 있던 차에 얼굴이 밝아졌다.

"저기… 소희 좀……."

"소희야! 바깥에서 누가 널 기다리네."

탈의실에서 옷을 갈아입던 소희가 나오자 혜주는 얼굴이 붉어졌다.

"미안해… 너무 늦게 가져다 줘서……."

소희의 체육복 위에는 발레리나 왕관이 빛을 발하고 있었다. 마치 융단 위에 올려진 것처럼 멋지게 보이는 왕관 앞에 소희의 표정이 의아했다.

"선물이야… 너한테 어울릴 것 같아서……."

혜주는 붉어진 얼굴을 돌리며 소희에게 체육복을 턱하니 안기고는 돌아서서 뛰어가 버렸다.

얼결에 선물까지 받은 소희는 영문을 몰라 멍하니 그 자리에서 혜주의 사라지는 모습을 바라볼 뿐이었다. 복도에 남은 소희는 창을 거울 삼아 왕관을 써보았다. 진지하고 의미심장한 표정의 소희는 마치 여왕처럼 근사했다.

소희는 창에 비춰지는 재 보습을 보느라 누군가 다가오는 것도 모르고 있었다. 복도 저쪽 끝에서 다가온 학생주임은 소희의 모습을 진지하게 바라보다가는 머리 위의 왕관을 확 빼앗아 들었다.

"얼씨구? 니가 무슨 미스 코리아냐? 무용과 이것들, 이젠 아주 별짓을 다하는구나."

소희는 당황하여 말문이 막혔다.

"아, 아니… 선생님……."

"조용히 해. 일단 압수야. 학기 말에 찾으러 와. 알았어?"

학생주임은 왕관을 들고 성큼성큼 지나가 버리고 복도의 코너에서 진성이 이 모습을 지켜보고 있었다. 받자마자 빼앗겨 버린 왕관을 보는 소희의 눈빛이 심란하기만 했다.

아무도 없는 조용한 무용과 탈의실에서 진성은 음료수를 벌컥벌컥 마시고 있었다. 음료수를 입에 물고는 사물함을 여는데 자신의 토슈즈는 온데간데없이 사라지고 새로운 토가 자리를 잡고 있었다. 깨끗한 핑크빛의 토슈즈. 그것을 보는 순간 진성의 표정은 굳어가고 벌컥 소희의 사물함을 열어보았다. 그러나 이미 비워져 있는 사물함.

진성은 자존심이 상한 듯 사물함의 문을 소리나게 닫고는 들고 있던 음료수 병을 바닥에 집어 던졌다. 자신의 낡은 토를 보고 소희가 바꿔놓은 것이 분명했기 때문이었다. 가진 자의 여유, 또는 오만처럼 느껴져 진성은 몹시도 기분이 불쾌했다.

이때 같은 과 학생 영선이 문을 열고 들어오다가 진성이 음료수 병을 던지는 모습에 놀라 문을 닫고는 도로 나가 버렸다. 진성은 인기척도 느끼지 못한 채 박살난 유리병 조각을 바라보고 있었다. 입술을 깨물며 예리한 조각을 내려다보던 진성의 눈이 빛난 것은 그때였다.

"이런 거 필요없어.

소희가 돌아보자
뒤에 진성이
굳은 얼굴로 서 있었다

무용실 바닥에 나란히 놓여져 있는 진성의 낡은 토슈즈와 그 옆에 앉아 있는 소희가 진성의 눈에 띄었다. 낡은 토슈즈에 토씽을 끼우는 소희의 발 앞에 깨끗한 토슈즈가 툭 하니 떨어졌다.

"이런 거 필요없어."

소희가 돌아보자 뒤에 진성이 굳은 얼굴로 서 있었다.

소희는 당혹스러워 말을 못하고 있자 진성은 자신의 토를 챙겨 휙 하니 가버렸다.

자신의 앞에 아무렇게나 나뒹구는 토슈즈를 보는 소희는 자신의 진심을 어떻게 전달해야 할지 막막한 표정이었다. 낡은 토를 신으면 발이 상하기 때문에 챙겨주었던 건데… 오히려 진성의 마음이 상한 듯하여 소희의 눈에는 눈물이 핑 돌았다.

진성의 낡은 토슈즈가 위태위태하게 걸어 들어오고 그 옆에 소희의 깨끗한 토가 발끝을 탁탁 때리며 홀 가운데로 들어오고 있었다.

음악이 시작되고 소희의 깨끗한 토슈즈가 화려하게 움직이기 시작했다. 아름답게 뻗은 다리와 수려한 얼굴에 감정을 가득 담은 소희는 어느 순간 완벽한 지젤이 되어 있었다. 지젤의 사랑을 온몸에 담아 연기를 하던 소희는 순간적으로 인상을 찡그렸다.

멈칫한 소희의 토슈즈가 위태하더니 다시 자세를 잡고 굳세게 춤을 추는 소희. 소희는 지젤이 환생을 한 듯 빛을 발하였고 이 모습을 본 무용선생과 부장은 소희의 매력에 빠져 흡족한 미소를 짓고 있었다.

지젤 역과 완벽한 발레리나를 찾은 듯한 그들의 눈빛은 황홀경에 빠져 있었다. 소희가 우아하게 춤을 추고 있을 때 토슈즈에는 붉은 자국이 생기고 있었다. 음악이 높아지고 소희가 몰입할수록 점점 진해지는 핏자국을 진성은 벽에 기대어 무표정하게 바라볼 뿐이었다. 선택의 여지가 없었던 것처럼.

텅 빈 복도의 창밖으로 어둠이 깔려 있다. 진성은 굳은 얼굴로 거침없이 앞으로 나아가고 그 뒤를 소희가 절룩이며 뒤따르고 있었다. 진성의 곧은 걸음걸이와는 달리 소희의 걸음걸이는 이상했다.

"진성아!"

힘겹게 절룩이며 따라오는 소희의 목소리를 외면하는 진성은 더욱 빨리 걸음을 걷고 이 때문에 둘의 거리 차이는 점점 멀어지고 있었다.

진성이 복도 코너로 꺾어져 소희의 시야에서 안 보이게 되자 소희는 눈시울이 붉어졌다. 소희는 멍한 얼굴이 되어 진성의 이름을 되뇌이다가 다시금 급한 걸음으로 진성을 따라가기 시작했다.

복도 끝 계단에서 비로소 진성을 발견한 소희는 진성의 팔을 낚아채듯 세웠다. 그러나 소희를 기다리는 것은 진성의 얼음처럼 차가운 표정뿐이었다.

"축하한다, 김소희!"

냉소적인 진성의 표정과 대답하지 않는 소희의 시선이 팽팽했다.

"지금 내 마음이 어떤 줄 알아? 넌 상상도 못할 거야. 네가… 어떻게……"

진성은 소희가 무엇을 말하고자 하는지 알고
시선을 외면했다

"축하한다고! 너가 이겼어. 그러니 이제 따라오지 마!"

쏘아붙이듯 말을 뱉은 진성이 돌아서서 가려고 하자 소희는 팔을 놓아주지 않았다.

"이거 놔!"

소희는 다리의 통증을 참으며 이를 악물었다.

"지금 내 마음이 어떤 줄 알아? 넌 상상도 못할 거야. 네가… 어떻게……."

진성은 소희가 무엇을 말하고자 하는지 알고 시선을 외면했다.

"난 애초에 콩쿨 같은 데는 나갈 생각도 없었어. 네가 이렇게 만든 거야."

진성은 화가 나기 시작했다. 콩쿨에 나가겠다고 무용선생한테 자신의 결심을 말한 것은 소희였다.

"허, 내가 하고 싶은 말이야. 넌 도대체 왜 무용선생한테 나와 함께 나가겠다고 한 거였어? 너와 내 차이를 보여주고 싶었던 거 아니야? 그래, 오늘에서야 모든 게 분명해졌지. 난 너의 스페어 타이어와 같은 존재라는 것. 혹시나 해서 가지고 다니는 스페어 타이어."

소희의 눈에서 눈물이 뚝뚝 떨어졌다.

"너가 들으면 웃을지도 모르지만 내가… 여우계단에서 무슨 소원을 빌었는 줄 알아? 너와 영원히 함께하게 해달라고 빌었어. 내가 세상에서 바라는 건 그거 하나야. 너 하나라고!"

진성은 소희의 절규 같은 말을 들으면서도 말이 없었다.

"근데 넌 그 까짓 콩쿨이 나보다 중요하니?"

소희의 말을 듣는 진성의 주먹이 파르르 떨리고 있었다. 휙 하니 돌아서는 진성을 소희는 다급하게 잡아당겼다.

"가지 마, 윤진성! 나한테 뭐라고 말 좀 해봐. 이렇게 가지 마."

진성은 소희를 뿌리치려고 하는데 소희는 좀처럼 잡은 손을 놓아주지 않았다. 자신의 화를 못 이겨 부들부들 떨던 진성은 충혈된 눈으로 소희를 바라볼 뿐이었다.

"그 콩쿨… 내가 얼마나 바래왔던 건지 누구보다 네가 더 잘 알잖아. 근데 네가 어떻게 그런 말을 할 수 있어? 이거 놔!"

진성은 얼어붙은 얼굴의 소희를 거칠게 밀쳐 내었고 소희는 진성이 떠날 것처럼 계단을 내려가자 다급해져서 다시 진성을 붙잡았다. 진성을 놓치면 다시는 못 볼 것 같은 불길한 예감에 소희는 진성을 뒤에서 꽉 끌어안았고 진성은 이러한 소희를 떼어내려고 발버둥을 쳤다.

"지금까지도 충분히 조심스러웠어. 자신이 쟁취해야 할 것이라면 망설이는 건 바보 같은 짓이야. 아닌 게 아니면서 아닌 척하는 거, 난 그 꼴 더는 못 봐."

"네가 말하려던 게 바로 그거였어?"

"내 발 밑에 눌려 죽은 벌레를 보고도 넌 가엾다고 울 거라 말하겠지? 난 네가 그렇게 섬세한 사람이라고는 믿지 않아. 넌 민감, 아니, 예민했을 뿐이야. 네 몸은 온통 더듬이 성이었을 뿐이라고. 발레와 나, 특히 이 둘한테는 더 더욱. 하지만 난 너가 아니야. 내 예감은 늘 정확해. 어이없이 들어맞지. 슬프지만, 그래서 놓치고 마는 것들이 있었지만 한편으론 다행이야. 그 어떤 것도 날 진정으로 원하진 않으니까. 발레조차도. 이젠 알아듣겠어?"

그러나 소희는 진성의 손을 쉽게 놓을 수가 없었다.

"하지만… 하지만……."

"진작에 제대로 말했어야 했는데, 외면당할까 두려워서 두고 본 건 사실이야. 네 앞에서 기죽기 싫었으니까. 기회를 노리는 것도 아니면서, 먼저 손을 내밀 줄 모르는 인간이지 난. 이미 우리 사이엔 벽이 너무 높게 쌓였어. 단순한 문제가 아니야. 난 미칠 것 같아. 너만 보면 미쳐 돌아버릴 것 같다고! 날 걱정하지 마. 난 절대 아프거나 다치지 않아. 네 생각이나 하란 말이야. 잡아먹히는 건 결국 네가 될지도 모르니까. 알았어?!"

무엇으로도 진성을 돌이킬 수는 없었다. 그 둘은 이미 예전의 진성과 소희가 아니었다. 아직 소희는 진성을 원하고 있었지만 진성의 눈빛은 예전의 그것이 아니었다.

둘의 밀고 당김은 점차 격렬해졌고 필사적으로 자신을 떼어내려는 진성을 보며 소희의 마음은 점점 무너져 내렸다. 진성이 야속하게 느껴진 소희는 거세게 진성을 밀쳐 내었고 진성은 반사적으로 이를 피했다.

진성이 몸을 피해 버리자 소희가 균형을 잃고 흔들렸다. 순간 진성은 소희를 잡으려고 내뻗었던 손을 거둬들였다.

진성이 손을 거둬들이는 것을 본 소희의 눈에는 절망감이 스쳐 지나갔고 소희는 마지막까지 진성에게 손을 내민 채 계단 아래로 굴러 떨어졌다. 그러나 그 손목은 이내 힘없이 툭, 바닥으로 떨어졌다. 사지가 찢긴 인형처럼 계단 저 아래 널브러진 소희의 코에서 피가 흘러나왔다.

슬픔이 가득 담긴 소희의 눈에서 진성은 점점 멀어졌고 계단 아래로 속절없이 떨어진 소희의 모습이 진성의 눈을 가득 메웠다. 이어서 점점 더 크고 붉게 번져 나가는 핏물… 진성은 얼어붙은 듯 꼼찍도 못한 재 그 자리에 서 있었다.

당신은 당신의 그림자가 등 뒤에서
칼을 꽂을까 두려워해 본 적이 있습니까?

서서히 약기운이 올라온다, 몸부림치는 세포들……

지난밤 기억의 파편들이 모두 나를 주시한다.

그 날카로운 모서리를 피하기 위해 나는 잠시 시선을 돌린다.

드디어 내가 원하는 것을 향해 질주할 때다.

기회가 왔다. 뜻하지 않았던, 기대 또한 하지 않았던 기회가.

적어도 내 스스로에게 한 가지 약속은 지킬 수 있게 된 셈이다.

이쯤 되면 다른 이들 역시 날 밀쳐 내진 못할 테지.

하나의 점을 본다.

한때 너와 함께 바라보았던 그 점을 향해 나는 올라가고 있지만

넌… 너는 떨어지고 말았다, 저 깊은 구덩이 속으로.

난 떨어지지 않아, 벌써 바닥이 드러나 버렸으니.

92

기대하고 있어, 너와의 만남을.

어느 때가 되어 만나게 되더라도 외면하지 않을 수 있게,

네가 순수하게 원했던 나의 웃음을 보여줄 수 있게,

이미 지나간 일들에 대한 잠간의 묵념……

모란 콩쿨이 열리는 극장에는 환호 소리로 가득 메워지고 있었다. 무대 의상을 입은 대기자들이 바쁘게 왔다 갔다 히는 극장 내 기실에서 진성은 지젤의 의상을 입고 화장대 앞에 앉아 있었다.

대기실 안의 풍경은 이채로웠다. 순서를 연습하는 아이가 있는가 하면 무대에서 작품을 망치고 들어와 대성통곡하는 아이도 있었다. 한 명씩 호명될수록 아이들은 긴장하고 진성의 이마에도 송글송글 땀방울이 맺히고 있었다.

순서가 다가오자 진성은 커튼 뒤에서 무대를 바라보았다. 무대 위의 발레리나는 실수를 했는지 당황한 표정으로 다시 자세를 잡고 있었다.

드디어 진성의 차례. 진성은 심호흡을 크게 하고는 포즈를 취했다. 진성의 이름이 호명되자 진성은 입에 미소를 머금고 목을 꼿꼿하게 세운 뒤 가벼운 자세로 무대를 향해 나갔다. 진성의 표정은 그 어느 때보다 당당하고 발레리나다웠다.

모든 콩쿨의 순서가 끝나고 대기자들은 자신의 의상을 정리하고 있었다. 땀에 젖은 채 달려나오는 진성을 무용선생은 밝은 얼굴로

맞아주었다.

"잘했어, 진성아. 내가 봐왔던 네 발레 중 오늘이 최고였어."

무용선생이 진성을 다독이는 사이 아이들이 우르르 일어나 게시판으로 달려나갔다. 콩쿨 관계자가 결과를 붙인 것이다.

진성 역시 떨리는 마음을 안고서 결과를 확인하는데 진성이 게시판을 보기도 전에 무용선생은 진성을 부둥켜안았다. 그곳에는 〈고등부 우승 @@예고 윤진성〉이라고 명백하게 게시되어 있었던 것이다.

한 박자 늦게 게시판을 확인하게 된 진성은 실감이 나지 않는지 어리둥절한 표정이었다. 이 얼마나 기다려 왔던 결과란 말인가.

그렇게 원하던 결과였지만 막상 눈앞에 다가오니 진성은 믿을 수가 없었다. 우승자 발표에서 윤진성이라는 이름이 호명되고 그제야 우승을 실감하는 진성의 입가에 벅찬 웃음이 지어지고 있었다.

며칠이 지난 얼마 후 진성은 소희의 병문안을 갔다. 김소희라고 적힌 병실 앞에서 진성은 긴장된 얼굴로 마음을 가라앉히고 조심스럽게 문 손잡이를 잡는데 병실 안에서 소희의 깨질 것 같은 음성이 들려왔다

"엄마, 나가! 사람 미치게 만들지 말고 제발 좀 나가라고!"

진성은 소희의 절규에 가까운 목소리에 손잡이에서 한 발자국 떨어져 있었다. 이어서 들려오는 소희엄마의 한숨과 울음소리에

진성은 소희의 절규에 가까운 목소리에 손잡이에서 한 발자국 떨어져 있었다
이어서 들려오는 소희엄마의 한숨과 울음소리에

무언가 잘못되었다는 느낌을 받았다

진성은 무언가 잘못되었다는 느낌을 받았다.

"왜 울어! 누구 죽었어? 발레 좀 못한다고 내 인생이 끝나냐고.
엄마 이러지 마, 제발. 엄마 아니어도 나 힘든데… 엄마까지 이러
면 난 어떻게 하라고……."

진성은 자신의 가슴에서 쿵 소리를 들은 듯했다. 하얗게 변해가
는 진성의 머리 속… 소희가 발레를 못하게 되다니 믿을 수 없는
일이었다.

진성이 한참 후에 병실로 들어갔을 때 소희는 텅 빈 병실에서 눈
을 감고 누워 있었다

소희는 진성의 인기척에도 눈을 뜨지 않았다. 수척해진 소희의
모습은 이루 말할 수 없었다. 뼈 마디마디가 드러날 정도로 야윈
손과 창백해진 얼굴을 보며 진성은 아무 말도 할 수 없었다.

"소희야……."

진성이 소희를 불러보았지만 소희는 마치 죽은 사람처럼 어떠한
움직임도 보이지 않았다. 진성의 두 눈은 떨리고 하염없는 죄책감
에 눈물이 흘러내렸다.

진성은 몇 번이나 소희의 손 잡는 것을 망설이다 차마 잡지 못하
고 뒤돌아서 나와 버렸다. 병실의 문 닫히는 소리가 들리자 가만히
눈을 뜨는 소희의 눈동자는 절망감으로 가득 차 있었다.

그날 밤 하늘은 진성의 기분을 알기라도 한 듯 추적추적 비가 내

리고 있었다. 여우계단 맨 꼭대기에 앉아 그 비를 다 맞으며 앉아 있는 진성의 어깨가 울음으로 가늘게 떨리고 있었다.

"저기… 감기 걸리겠다."

어느새 다가왔는지 혜주가 까만 우산을 들고 와 진성의 머리 위로 씌워주고 있었다. 진성은 누구와도 마주치고 싶지 않다는 듯 혜주를 밀어내고 기숙사로 걸어갔다. 빗줄기 속에서 힘겹게 걸어가는 진성의 뒷모습은 그 어느 때보다 외롭고 지쳐 보였다.

혜주는 그러한 진성이 측은하고 안타까운 듯 한참을 지켜보며 서 있었다. 우산 위로 떨어지는 빗방울 소리가 유난히 크게 들리는 밤이었다.

나를 위해서 그토록 슬프게 울어준 사람은 없었어, 너 말고는 아무도.

따지고 보면 너 역시 네 자신 때문에 운 것일 수도 있겠지.

하지만 난 너의 눈물을 볼 때마다 죄책감에 시달려야 했어, 다 나의 잘못이었으니까.

다행인 것은 내가 지금 널 위해 울고 있다는 것이지, 날 위한 것일지도 모르지만.

그렇지만 네가 이대로 떠난다면 난 다시 망가질 거다. 예전보다 훨씬 더 고약하게 망가질 거야.

이건 협박이 아니야. 그건 분명히 알아주어야 해.

너와의 시간은 날이 갈수록 낡아버리겠지, 매일매일 내가 쇠잔

97

시킬 테니까.

　난 언제까지나 이렇게 중얼거리면서 때로는 나를 죽일 것처럼,

　때로는 후회도 하면서, 울기도 하면서 그렇게 괴로워하게 되겠
지?

　불 꺼진 어두운 방에서 진성은 그렇게 혼자 앉아 있었다. 책상
위로 있는 트로피와 그 옆에 멈춰 서 있는 발레리나 오르골, 그 모
든 것이 소희에 대한 죄책감만을 가중시키고 있었다.

　조용한 방 안 진성의 흐느낌만 희미하게 들리는데 아무도 태엽
을 감지 않은 오르골의 발레리나가 조용히 움직이기 시작했다.

　기숙사 복도의 괘종시계가 1시를 알리고 진성은 그 소리에 이불
을 뒤척였다. 이때 창문으로 들리는 노크 소리에 눈을 떠보지만 창
틀에 부딪혀 튀어 오르는 빗방울 소리만이 간헐적으로 들리고 있
을 뿐이다.

　톡톡톡.

　이번에는 잘못 들은 것이 아니었다.

　진성은 예전의 기억이 스쳐 퉁퉁 부운 얼굴로 창을 바라보았다.
이때 까만 창문 위로 갑자기 솟아오르는 하얀 손가락이 철썩 유리
창 위로 붙는다. 뒤이어 소희의 얼굴이 서서히 들어났다.

　진성은 너무 놀라고 반가워 이불을 걷어 젖히고 자리에서 일어
났다. 창밖의 소희는 여느 때와 다르게 스스로 창문을 열고 방 안

으로 기어 들어왔다. 오는 동안 많이 지쳤었는지 소희는 축 늘어지며 방 안으로 떨어졌다. 놀라서 소희를 받는 진성의 얼굴은 꿈인지 생신지 정신이 없는 듯 보였다.

우산도 없이 온 소희의 몸에서는 빗물이 줄줄 흐르고 있었다. 진성은 급히 불을 켜고 수건으로 소희를 닦아주었다. 그런 진성을 소희는 물끄러미 바라보았다.

"진성아……."

소희를 마주 보는 진성의 가슴이 뭉클해지고 참았던 울음이 울컥 터져 나왔다. 소희는 진성의 모든 것을 이해한다는 듯 말없이 끌어 안아주었다. 오랫동안 서로 이해하고 모든 걸 배려하는 사이였기에 지금의 이 상처가 그 어느 때보다 아프고 애절했다.

진성을 안은 소희의 몸은 오싹하리만치 차갑게 식어 있었다. 진성은 걱정스레 소희의 안색을 바라보지만 소희는 진성 외에는 아무것도 신경 쓰지 않는 듯했다.

"어떻게 된 거야… 비도 오는데……."

"진성아… 미안해……."

진성을 바라보는 소희의 두 눈은 진성에 대한 그리움으로 가득차 있었다. 진성은 자신을 애절하게 바라보는 소희의 창백하고 야윈 얼굴을 보자 가슴이 무너지는 듯한 고통이 느껴졌다.

"아니야, 소희야… 내가 미안해……."

소희는 진성을 바라보며 눈물을 글썽거렸다.

"진성아… 너무 보고 싶었어……."

눈물을 참으며 힘겹게 소희를 보던 진성은 소희를 침대로 데리고 가 젖은 옷부터 갈아입혔다. 그러고도 소희의 차가운 몸이 걱정돼 이불을 목까지 꼭 덮어주었다. 소희가 혹시 열이라도 날까 봐 걱정이 많은 표정이었다.

"소희야, 감기 걸리면 안 돼. 이불 꼭 덮어."

진성이 소희를 다독이고는 젖은 옷을 정리하러 나가려 하자 소희는 진성이 달아나기도 할 것처럼 붙잡고 놓을 생각을 하지 않았다. 진성은 그러한 소희가 더욱 안쓰러워 곁에 같이 누웠다. 계속 오들오들 떠는 소희는 넋 빠진 얼굴로 진성을 바라보고 있었다.

"진성아… 나 추워……."

진성은 왠지 모르게 불안하고 걱정스러웠다. 어쩐지 오늘따라 소희가 낯설게 느껴지고 있었다.

소희는 피곤했는지 거친 숨을 토해내며 진성의 허리를 꼭 끌어안았다. 진성은 너무도 차가운 기운에 움찔 놀랐지만 마음만은 따뜻하고 행복했다. 소희와 진성은 예전처럼 꼭 끌어안고 잠이 들었다.

덜컹덜컹.

이불을 잔뜩 몸에 감고 웅크린 채 잠을 자던 진성은 거슬리는 소리에 잠이 깨고 말았다. 열린 창문이 바람에 따라 제멋대로 열렸다 닫혔다 하고 있는 것이다.

쌀쌀하게 불어오는 아침 바람에 정신이 든 진성은 자신의 옆 자리를 살폈다. 소희가 있던 자리에는 길다란 머리카락 몇 가닥만이 남아 있고 베개는 움푹 들어가 있었다.

추운 듯 팔짱을 끼고 침대에서 일어난 진성은 방 안을 살펴보지만 그 어느 곳에서도 소희는 보이지 않았다. 예전 소희다운 행동에 진성은 빙긋 웃음을 지을 뿐이었다.

진성은 열린 창문을 닫으며 아래를 보았는데 까마득하기만 했다. 사다리도 없는 기숙사 외벽, 진성은 미리를 가우뚱하지만 대수롭지 않게 생각했다. 진성의 방은 기숙사의 3층에 자리 잡고 있었다.

진성이 등교를 하는데 문자가 하나 들어왔다

"먼저 가서 미안해. 나중에 또 올게."

소희의 메세지였다.

진성은 가벼운 마음으로 학교를 향해 달려갔다. 소희와 쌓인 감정을 푼 것 같아 마음이 가벼워진 것이다.

오랜만에 편안한 마음이 된 진성은 콧노래까지 흥얼거리며 교실에 들어서는데 반 아이들의 분위기가 심상치 않았다. 진성이 들어오자 약속이라도 한 듯 일제히 바라보더니 다시금 조용해지는 교실 안 아이들은 하나둘 진성을 피해 자리에 앉기 시작했다. 그런 아이들의 모습은 얼핏 보기에도 어색하기 짝이 없었다.

진성이 자연스럽지 않은 반 분위기의 흐름에 이상한 듯 아이들을 바라보며 자리에 앉자 뒤에 주춤주춤 영선이 다가왔다.

　"뭐야? 왜들 그래?"

　영선은 진성을 보고 마른침을 삼키며 입을 열었다.

　"저기… 진성아… 놀라지 마……."

　진성은 고개를 갸우뚱거렸다.

　"뭐길래 그렇게 뜸을 들여?"

　"어젯밤에… 소희가 자살했대……."

　영선을 쳐다보는 진성의 두 눈이 까맣게 흐려졌다. 두 눈을 바보처럼 깜빡이는 진성은 무슨 말인지 이해하지 못한 채 멍한 표정을 짓고 있었다.

마지막 열쇠를 삼키고
사라지다

...을 끼워 맞추다가 또 너를 끄집어내고 만다.

파묻혀 있던 너를 꺼내 흙을 털고

네 눈과 네 입술과 두 눈을 덮었던 먼지를 거두어낸 뒤 너를 본다.

가만히 바라보다 끌어안는다.

다시, 예전처럼, 끌어안는다.

우리가 '우리'였을 때처럼 주저없이, 부끄러움도 없이.

꿈에서처럼 바다 건너 떠나기 전

그 손바닥만한 섬에서의 마지막 포옹처럼, 그렇게, 그렇게.

겨드랑이 사이로 네 심장이 틀어지고 부서지고 뭉개진다.

풍선이 터지듯, 형체도 알아볼 수 없게 터져 버린다.

내 사랑.

나른하게 들려오는 운동장의 아이들 소리와 음악… 아이들의 발성 연습 소리… 이 모든 것들이 일상적이고 편안한 소음이었다. 하얀 커튼을 뚫고 들어오는 햇살에 진성이 천천히 눈을 떴다.

또 뒤늦은 후회를 한다. 진성은 꿈속에서 쩍쩍 두 쪽으로 갈라져 버리는 사람들의 마른 몸을 보았다. 그들은 진성에게 모든 것을 빼앗겼다고 말한다. 그러나 진성은 단지 이 자리에서 의미없는 손짓만 했을 뿐이었노라고 변명했다. 그토록 어이없게 그들이 쓰러져 버릴 줄은 미처 몰랐다고…….

그러나 한 가지 다행인 것은 이미 사라져 버린 그들이 진성에게 더 이상의 책임을 묻지 않았다. 진성은 그저 시치미를 떼고 있으면 그만인 것이다.

하지만 그리하여 위험한 한 가지 문제, 그들 주위에 살아남아 진성을 기억하는 이들은 그를 질책하고 그와 같은 방식으로 그를 죽음으로 몰아갈지도 모른다. 진성은 그들의 눈을 견뎌낼 수가 없었다. 온몸에 가시가 돋아나는 것만 같았다.

진성이 몸을 일으키려고 할 때 양호실 침대의 커튼 뒤에서 누군가의 그림자가 비춰지고 있었다. 긴 머리를 늘어뜨린 그 실루엣에서 익숙한 목소리가 들려왔다.

"먼저 가서 미안해… 나중에 또 올게…….″

진성은 놀라 일어서려고 하는데 몸이 전혀 말을 듣지 않았다. 그러다가 갑자기 이불 속으로 조금씩 빨려 들어가는 진성. 누군가 아래서 진성을 잡아당기고 있었다.

목소리를 내려 해도 소리는 나오지 않고 머리끝까지 이불 안으로 끌려 들어가 보니 무덤처럼 어두운 이불 속에 소희가 웅크리고 앉아 진성의 다리를 끌어당기고 있었다.

얼굴의 한쪽은 상처로 일그러지고 손과 발에는 젖은 흙이 잔뜩 묻어 있었다. 퀭한 눈으로 진성을 응시하는 소희의 눈엔 초점이 없었다.

얼마나 지났을까? 진성이 다시금 눈을 번쩍 떴다. 거친 숨을 내쉬며 주위를 둘러보는데 커튼에 다시금 누군가의 실루엣이 낮은 목소리로 이야기하고 있었다. 놀라서 벌떡 일어난 진성의 인기척에 그 실루엣은 점점 더 다가왔다. 잔뜩 겁을 먹은 진성이 눈을 부릅뜬 채 커튼을 노려보는데 손 하나가 쑤욱 들어와 커튼을 걷었다. 질끈 눈을 감은 진성에게 커튼 사이로 무용선생이 얼굴을 내밀었다.

"정신이 좀 드니?"

질끈 감았던 눈을 천천히 뜨고 무용선생을 보는 진성의 표정은 얼이 빠진 듯 무표정했다.

"괜찮아?"

무용선생은 진성의 지친 어깨를 다독여 주었다.

"오늘은 일찍 들어가서 쉬는 게 좋겠다. 하루 밤 자고 나면 기분이 좀 나아질 거야."

무용선생은 진성이 안쓰러워 다정하게 끌어안아 주는데 진성이 무용선생을 무덤덤하게 불렀다.

"선생님……."

"응?"

무용선생이 진성을 바라보자 진성이 절실한 눈으로 말을 꺼내었다.

"어제 소희가 제 방에 왔었어요. 저랑 같이 잠도 잤는걸요."

무용선생은 제자가 안타까워 어찌할 바를 모르는데 선생을 바라보는 진성의 눈은 추호의 의심도 없었다. 커튼 너머로 서 있던 양호선생은 무용선생을 보며 안타까운지 고개를 흔들 뿐이었다.

하교하는 아이들로 현관 앞은 유난히 북적이고 있었다. 그런데 아이들은 집에 가질 않고 소희의 교복 입은 사진이 떼어지는 것을 구경하고 있었다. 환하게 웃는 소희의 얼굴이 반으로 접혀져 사라지자 윤지 일당은 말이 많았다.

"봐, 미인박명이라더니… 진짜 억울하겠다."

경진의 말에 윤지는 표정이 쌩뚱맞게 변하고 있었다.

"억울하긴, 그동안 얼짱 해먹었음 됐지."

영은 윤지가 죽은 아이에게 너무하다 싶었는지 말을 뒤틀었다.

"그래? 그럼 너 이제 비너스 만들어야겠다? 미의 상징이 없어지니 어째 좀 썰렁하잖아, 중앙 현관 자리도 넓은데."

그러나 윤지는 그 말을 진심으로 받아들인 듯 신이 나서 말을 받아치고 있었다.

"잘됐지, 뭐. 원래 똥차가 없어야 세단이 들어가거든."

윤지는 자신의 말에 뭐가 그리 즐거운지 킬킬거리다가 문득 뒤에서 느껴지는 살기에 뒤를 돌아보았다. 그곳에는 무서운 눈으로 윤지를 노려보고 있는 혜주가 서 있었다.

혜주는 윤지에 대한 화를 자제할 수 없는 듯 두 손을 벌벌 떨더니 움켜지고 있던 과자를 윤지에게 내던졌다. 들고 있던 과자는 여느 때와 다름없이 윤지가 시킨 심부름거리였다.

윤지는 처음 보는 혜주의 무서운 기세에 놀라 말도 못하고 기막힌 듯 바라만 보았고, 혜주는 소희의 사진이 떨어진 빈 벽을 보더니 슬픈 듯 복도 저쪽으로 달려가 버렸다.

윤지는 자신의 심부름꾼이라 생각했던 별거 아닌 아이가 화를 내고 가니 기도 막히고 주변 아이들 보기에도 무안했기에 과자를 주섬주섬 담으며 투덜거렸다.

"엄똥! 저거 미친 거 아냐? 요새 점점 왜 저런다니? 살 좀 빠졌다고 대든다 이거지? 내참 드러워서. 그래, 어디까지 기어오르나 두고 본다. 허!"

윤지 일당은 주운 과자를 먹으며 투덜투덜 교실로 돌아갔다. 텅 빈 중앙 현관에 소희의 사진이 있던 게시 벽은 허점 함으로 남아 있었다.

늦은 저녁 어둠이 깔린 여우계단. 수풀이 우거진 곳에서 혜주가 땅을 파고 있었다.

눈물이 범벅된 얼굴의 혜주는 하던 것을 멈추고 옆에 두었던 커다란 자루를 쳐다보았다. 이내 견딜 수 없는 괴로움을 느낀 듯 자루에 얼굴을 묻고 다시 흐느껴 울어버리는 혜주의 모습은 마치 자아를 잃어버린 사람처럼 보이기에 충분했다.

이러한 혜주의 모습을 윤지는 학교 건물의 창가에 서서 오래전부터 지켜보고 있었다. 혜주를 지켜보는 윤지의 눈이 좋은 먹잇감을 발견한 듯 빛나고 있었다.

혜주의 방 안은 모든 짐들이 깨끗하게 정리되어 있었다. 마치 멀리 이사하러 가는 듯 꼼꼼하게 짐을 포장한 혜주는 하나하나 정성스레 자신의 짐을 날랐다.

혜주가 복도로 나오자 진성 역시 혜주와 마찬가지로 수북한 짐을 들고 서 있었다. 소희가 죽고 난 이후로 양호선생과 무용선생이 진성의 정신 상태를 걱정한 결과 환경을 바꿔주기로 한 것이다.

복도에 짐들이 쌓여 있자 사감은 짜증 섞인 목소리로 잔소리를 해댔다.

"쓰레기장이 따로 없구만. 복도가 이게 뭐니! 빨리빨리 좀 해!"

혜주는 어두운 표정으로 사감 옆으로 비켜가고 있었고 진성은 반대로 사감에게 다가가고 있었다.

"저… 선생님, 저 꼭 바꿔야 하나요?"

진성은 이사하는 것이 썩 내키지 않는 듯 보였고 그런 진성을 보는 사감은 귀찮기 그지없었다. 학교 측에서는 진성의 정신 건강을 위해 바꿔주라고 닦달을 해대서 바꿀 만한 학생을 물색하느라 진을 뺐는데 정작 본인은 이사를 안 하면 안 되냐고 물으니 사감은 짜증이 몰려오는 듯했다.

"아우! 얜 또 왜 이래? 선생님들이 어련히 바꾸라고 했을까!"

진성은 어렵게 꺼낸 말에 면박을 주니 할 말이 없어진 듯 보였다.

"사람이 딴생각이 많을 때는 환경을 바꿔주는 것도 좋다고 하더라. 누군 뭐 너가 예뻐서 이 난리를 핀 줄 아니?"

진성은 사감의 면박에 귀까지 붉어지고 있었다. 사감은 그런 진성을 보지도 않은 채 그간 쌓였던 스트레스를 말로 풀고 있었다.

"사방에서 그냥 무용이 어떻고 컨디션이 어떻고 학교의 기대주니 뭐니 잔소리해 대는 거 나도 귀찮아서 그래. 아우~ 나도 여러 말 하기 싫으니까 빨리 움직여. 점호 시간까지 복도 싹 안 비워놓으면 혼난다."

사감은 할 말을 일장연설처럼 다해놓고는 길게 말하기 싫다며 아래층으로 내려가 버렸다. 진성의 등짝을 한 대 치는 것은 물론 빼놓지 않은 채.

진성은 알 수 없는 막연함에 그 자리에 서서 혜주가 짐을 들고 오는 것을 바라보았다.

혜주는 진성이 자신의 눈을 계속 응시하고 있다는 것을 알고는 당황하여 가방을 떨어뜨렸다. 그러자 가방 안에서 봇물처럼 터져 나오는 물건들… 물건 사이에는 하얀색 약병도 섞여 있었다.

진성은 약병을 주어 혜주에게 건네주며 미안한 마음을 전했다.

방 정리를 새로 하려면 보통이 아닐 텐데 괜스레 자기 때문에 다른 학생에게 피해주는 게 미안했던 것이다.

"미안해… 나 때문에 귀찮겠다. 오랫동안 정들었던 방일 텐데……."

혜주는 빼앗듯이 약병을 받아 들며 말했다.

"괜찮아. 신경 안 써도 돼."

도둑질하다 들킨 것 마냥 당황하여 진성의 방으로 들어가는 혜주의 뒷모습을 진성은 이상한 듯 오랫동안 바라보았다.

미술과 아이들은 아침부터 희귀한 볼거리에 신이 나 있었다. 흙투성이 책상 위에 어지럽게 널려 있는 토슈즈와 워머, 소희의 체육복과 초상화 등등 모두 죽은 소희가 그동안 잃어버렸던 것들뿐이었다.

혜주는 자신의 보물들이 남들 앞에 마구 벌려진 거에 대해 놀라고 당황스러워서 미친 듯이 손톱을 물어뜯고 있었다. 그런 혜주의 옆에서 토슈즈 한 짝을 들고 교실이 떠나가라 떠드는 윤지의 얼굴은 화색까지 돌고 있었다.

"야! 말해 봐. 너, 이거 다 어디서 났어?"

웅성거리는 아이들 속에서 혜주는 위축되어 온몸을 덜덜 떨고 있었다. 이때 미술과 교실로 진성이 들어오고 있었다. 윤지가 부른 것이다.

호기심을 보이는 아이들을 의식하여 윤지는 더 잔인하고 적극적으로 말을 하기 시작했다.

"이거 다 무용과 김소희 거 아냐?
　　　너 또라이야, 아님 김소희 스토커야?"

윤지가 아무렇게나 소희의 물건을 내팽개치며 말하자
혜주는 눈시울이 붉어지고 있었다

"이거 다 무용과 김소희 거 아냐? 너 또라이야, 아님 김소희 스토커야?"

윤지가 아무렇게나 소희의 물건을 내팽개치며 말하자 혜주는 눈시울이 붉어지고 있었다. 자신을 모욕해서가 아닌 자신이 아끼는 소희의 물건을 함부로 던지는 게 더욱 마음이 아팠다.

두려움에 몸을 덜덜 떨던 혜주는 서서히 몸을 구부려 자루 속에 물건을 집어넣었다.

'이건 다 내 소중한 소희의 물건들이야……'

아이들은 죽은 아이의 물건을 챙기는 혜주를 보며 재수없다고 웅성거리기 시작했고 윤지는 통쾌한 듯 초라해질 대로 초라해진 혜주를 바라보고 있었다.

진성은 달려가서 혜주의 팔을 낚아채 데리고 나가고 싶었다. 그러나 진성이 할 수 있는 것은 아무것도 없었다. 진성 역시 소희의 낯익은 물건들을 보자 울컥 눈물부터 치솟았던 것이다.

'정말… 정말 넌 죽은 거구나……. 내가 널 죽인 거로구나……'

자루 속에 물건을 다 넣은 혜주는 자리에서 서서히 일어나더니 증오가 담긴 눈빛으로 윤지를 쏘아보았다. 그리고는 윤지의 손에 들린 소희의 토슈즈 한 짝을 재빨리 낚아챘다. 다시는 뺏기지 않을 기세로.

멍하니 있다가 당한 윤지는 혜주에게서 다시 토슈즈를 빼앗으려 덤비지만 혜주는 마치 자신의 목숨이라도 되는 것처럼 절대적이었다. 이를 지켜보던 반 아이들은 어이없다는 듯 혜주를 욕하기 시작했다.

자신을 공격하는 아이들에게 빙 둘러싸여 점점 격해지는 혜주는 기어코 윤지에게서 소희의 나머지 한짝 토슈즈를 마저 빼앗고 말았다. 마치 새끼를 잃은 어미 짐승 같은 혜주의 기세에 윤지는 진저리를 치고 순간 겁을 먹었다. 혜주가 눈에 살기를 띠고 있었기 때문이다.

혜주는 온몸을 떨며 토슈즈를 꼭 끌어안았다. 혜주의 그런 모습에 질린 아이들은 더 이상 욕도 못하고 교실의 분위기는 찬물을 끼얹은 듯 무겁게 가라앉았다. 순간 자신의 행동에 어찌할 바를 모르고 혜주는 도망치듯 교실을 나가 버렸다.

"뭐 저런 게 다 있어?"

혜주가 사라지고 나서야 아이들은 다시금 말문을 열어 수군거리고 윤지는 분에 못 이겨 혜주가 나간 방향을 보며 이를 갈았다.

윤지는 지하 작업실에서 혜주와의 일로 오랫동안 씩씩거리고 있었다. 분이 풀리지 않는지 담배까지 뻑뻑 피워대며 작업을 중단한 채였다.

지하 작업실은 어두컴컴하고 꽤나 넓은 공간이라 석고 뜨는 곳으로 사용되고 있었다. 윤지는 이곳을 자주 이용하는 편이었는데 이유는 다름 아닌 먼지도 쌓여 있고 너저분한 곳이라 바쁜 실기 시험 기간이 아니라면 그 누구도 잘 들어오려 하지 않기 때문이었다.

걸릴 위험 없이 마음놓고 담배를 피우던 윤지는 갑자기 작업실

문이 걸칠게 열리는 소리에 움찔하여 담배를 바닥에 짓이겨 껐다.

"너 어쨌어, 내 자루?"

선생인 줄 알고 놀랐는데 혜주가 들어오자 윤지는 짜증을 내며 다시 담배 한 개비를 빼어 물었다.

"그게 니 거였냐? 다시 도로 묻어버렸다, 왜?"

혜주는 윤지의 말에 마음이 다급해졌다.

"어디다가? 어디다가 묻었는데?!"

윤지는 혜주가 당황하자 신이 나서는 더욱 잔인하게 말을 내뱉었다. 그것도 혜주의 얼굴에 담배 연기까지 뿜어대면서 말이다.

"소각장에다가! 너 아직도 정신 못 차렸구나. 지금 자루가 문제인 줄 아나 본데… 지금 문제는 너가 도둑년이라는 거, 앞으로 계속 사람 취급 못 받는다는 거지. 너한테 그보다 더 심각한 문제는 없어. 알아?"

혜주는 윤지에 대한 분노에 온몸이 떨려왔다. 그러나 윤지는 눈치 채지 못한 듯 계속 말을 이었다.

"너 정말 코끼리 대가리냐? 생각 좀 하고 살란 말야, 쌍년아!"

윤지는 혜주의 얼굴이 꼴도 보기 싫다는 듯 돌아앉아서 용접을 하기 시작했다.

"그만 나가봐. 예술하는 데 방해되니까."

혜주는 윤지를 타는 듯한 눈으로 노려보고 있었다.

"그러는 넌? 무슨 생각으로 그런 짓을 하는 건데?"

윤지는 말을 이어가는 혜주가 몹시 귀찮았다.

"또 뭐어?"

"남의 작품 훔치는 건 도둑질 아니냐? 어?"

윤지는 혜주의 말에 하던 용접을 멈추고 고개를 돌렸다. 혜주는 그런 윤지 앞에 작년판 미술 잡지를 확 내던졌다. 그 속에는 윤지의 작업대 위의 작품과 똑같은 작품이 담겨져 있었다.

자신이 하는 일에 대해 누구도 모를 거라 생각했던 윤지는 충격으로 얼굴이 일그러지고 있었다.

요즘 나는 어떤 아름다움에 서서히 도취되어 가고 있다.

이 사실을 처음에는 인정하고 싶지 않았지만 지금은 그 아름다움이 아니면 나 역시 없다는 결론에 쉽게 다다르곤 한다.

결국 내가 존재하는 것은 그 아름다움을 지켜보기 위함이요, 나까지 그에 동화되고 싶어서이기도 하다.

나를 살린 것은 바로 그것이었다.

그래야만 하는 그 아름다운 요새…

소유할 수 없다고 생각했고 그래서도 안 된다고 생각했다, 지금까지는.

그녀는 모두를 위해 고안된 완벽한 창조물이었고,

모든 사람들이 그녀를 바라보고 느끼고 충만한 행복감에 떨어보아야 한다고 생각했는데…

자꾸만 욕심이 생긴다.

그녀를 오로지 내 안에만 가두어두고 싶다.

그녀와 같아지고 싶다.

다른 사람이 아파하는 건 내가 신경 쓸 일이 아니다.

그녀는 나의 이런 마음을 알 수 없을 테지만 나는 누구보다 그녀를 원한다.

과거에 대한 미련 따윈 버리기로 했다.

어차피 필요없는 것들이었다.

그녀는 나를 구원했고 아무런 목적 없이 내 마음속에 남아 있어주었다.

나는 그것들을 사랑이라는 말보다는 아름다움이라는 말로 대신하고 싶다.

빈틈없이 퍼즐을 하듯,

너는 나의 시간을 버려두었고 그래서 나는 버려졌다.

하… 하… 하늘이 노랗다.

거의, 나는 죽을 지경…

소리도 내지 말고 사라져,

내 안에서 죽어버려라.

잔인한 여름이여,

플라타너스들이 나를 굽어본다.

어디선가 도둑고양이 한 마리가 튀어나와 내 손톱을 깨문다.

아프다…

너무 아프다……

미술과 아이들은 운동장에서 석회 가루로 사각을 그려 피구를
하고 있었다. 소리를 지르며 피구에 열중한 아이들의 모습 속에서
복수심에 불타오르는 윤지가 끼어 있었다.

사각 안에는 혜주와 다른 한 명만이 남아 있었는데 윤지는 공을
받아 혜주 옆의 아이를 맞추고 나서도 아이들에게 자신한테 공을
패스하라고 악을 지르고 있었다.

"공 이리 줘! 패스!"

혼자 남은 혜주는 어쩔 줄 몰라 하며 공을 피해보지만 윤지는 양
보 없이 매섭게 공격하고 있었다. 아이들은 그런 윤지에게 응원해
주었다.

아이들의 눈에는 그 사건 이후로 혜주가 정상으로 보이지 않고
있었다. 그전에도 따돌림의 대상이었던 혜주는 아이들에게 더욱
미움을 사게 되었던 것이다.

"한윤지, 파이팅! 빨리 죽여라!"

"엄뚱, 괜히 시간 끌지 말고 죽어!"

50명의 미술과 아이들 중 혜주의 편은 그 누구도 없었다. 순간
혜주의 근처로 공이 떨어져 공을 주우려는데 윤지가 선 안에 팔을
뻗어 잽싸게 공을 빼앗아갔다. 그리고는 곧바로 혜주를 공격하기
시작했다. 혜주가 넘어지며 간신히 살아나지만 사방에서 아이들은
혜주만을 공격하고 있었다.

흙 묻은 엉덩이로 정신없이 공을 피하는 혜주에게 윤지는 무차

별적으로 공격하였고 드디어 공 하나가 혜주의 배를 강하게 강타했다. 충격이 컸는지 혜주는 뒤로 벌렁 나자빠졌고 아이들의 환호 속에서 체인지 분위기가 되지만 윤지는 다시 한 번 혜주의 얼굴을 향해 공을 쏘았다.

공은 혜주의 얼굴에 정면으로 맞고 혜주는 고통에 얼굴을 움켜쥐는데 때마침 수업 끝나는 종소리가 들려왔다. 혜주가 천천히 얼굴에서 손을 떼자 손바닥에는 코피로 흥건했다. 아이들은 그런 혜주의 모습에 킥킥대며 사라지고 윤지는 새하얗게 질린 혜주를 살벌하게 노려보고 있었다.

점심 시간 식당 안에는 아이들로 바글거리고 있었다. 혜주는 평소와 다르게 입 안이 미어지도록 밥을 구겨넣고 있었다.

식판을 박박 긁어 입 안에 넣고 또 넣는 혜주는 볼이 터질 것처럼 부풀어 오르고 있었다. 이런 혜주를 옆에서 보는 같은 과 후배들은 기가 막히다는 표정이었다.

혜주는 아이들의 표정을 의식하고는 입 안에 음식물을 가득 문 채 우물우물 힘들게 변명을 해댔다.

"나… 그동안 배가 너무 고팠거든."

다시 숟가락을 입에 넣는 혜주를 보며 아이들은 표정이 점점 질려가고 있었다. 그런 혜주를 보던 후배 하나가 자신의 밥과 반찬을 혜주에게 덜어 주었다.

"언니, 더 드세요. 전 배불러요."

혜주의 후배들은 한 명씩 다가와 혜주의 식판 위에 밥을 덜어 주었다. 이내 혜주의 식판 위에는 산더미처럼 밥이 쌓여 보기만 해도 질릴 정도가 되었다. 혜주는 아이들의 행동을 말없이 빤히 보고 있다가 얼굴이 굳어지더니 자리에서 벌떡 일어났다.

"너희들은 내가 돼진 줄 알아?!"

학교 구내 식당에 있던 아이들은 혜주의 큰 소리에 모두 주목했다. 혜주는 얼굴이 벌겋게 달아올라 의자를 박차고 나갔다. 나뒹그라지는 의자에 놀란 후배들은 황당한 듯 서로를 보며 기막혀 했다.

"우리가 뭐 잘못했니?"

"미친년, 지가 꾸역꾸역 처넣을 땐 언제고."

경진과 영은 수업을 알리는 종이 쳤는데도 수다를 떨며 화장실에 들어서고 있었다. 아이들이 모두 수업에 들어간 뒤라 화장실은 조용했다.

"역시 화장실은 수업 시작하고 와야 좋다니까."

영은 텅 빈 화장실에서 거울을 보며 말했다. 경진은 화장실 문을 여는데 안이 지저분한지 인상을 찡그리며 다음 칸을 열었다. 그렇게 몇 번 경진은 짜증을 내며 마지막 칸 문을 열더니 째질 듯한 비명을 질러댔다.

거울 앞에 있던 영이 무심코 고개를 돌리는데 그곳에는 놀랍게도 혜주가 변기 안에 코를 박은 채로 기절해 있었다. 혜주 옆에 너저분하게 널려 있는 토사물들… 영과 경진은 고개를 돌리고 헛구

역질을 해댔다.

커튼이 쳐진 양호실 침대 위에 혜주는 힘없이 앉아 있었다. 커튼 뒤로 양호선생님이 왔다 갔다 하는 그림자가 비춰지고 혜주는 얼 빠진 낯으로 그 그림자를 멍하게 보고 있었다. 순간 커튼이 걷힘과 동시에 양호선생은 혜주의 머리를 쥐어짜았다. 양호선생의 표정에 는 긴장했던 그늘이 역력하게 남아 있었다.

"나이도 어린 게 겁도 없이… 너 죽을려고 환장했지?"

혜주는 고개를 들지 못하고 교복 스커트만 쥐어짜고 있었다.

"차라리 먹지를 마, 무식하게 한꺼번에 먹고 토할 거면."

양호선생은 걸핏하면 다이어트로 쓰러지는 예고 학생들에게 진 력이 나 있던 터였다.

"그러다가 나중에 골병 드는 거 몰라? 늙으면 뼈 다 부서진다. 알았어?"

혜주는 끊이지 않는 양호선생의 설교에 점점 민망해져 갔다. 양 호실에서 빨리 빠져나가고 싶은데 선생은 도무지 보내줄 생각을 하지 않는 듯 보였다.

"선생님, 저 다이어트하려고 한 거 아니에요."

혜주의 말에 양호선생은 다시 한 번 혜주의 머리를 '콩' 소리나 게 쥐어짜았다.

"시끄러. 기집애가 게을러 터져 가지고… 운동을 해, 운동을! 어 떻게 된 게 네 또래들은 편하게 살 뺄 생각만 하니?"

혜주는 맞은 자리를 손으로 문질렀다.

"엄혜주, 너 혹시 이상한 약 같은 거 먹는 건 아니지? 그럼 정말 큰일 난다."

양호선생의 말이 길어질수록 더욱 비참해지는 혜주였다. 다른 아이들처럼 날씬했다면 이런 상황까지 오지는 않았을 텐데…….

사실 혜주가 어릴 적부터 뚱뚱하진 않았다. 혜주의 기억 저편에는 아직도 어릴 적 엄마와의 기억이 선명했다.

늘 집을 비우는 아버지 덕에 엄마는 외로움에 찌들어 있었다. 툭 하면 일이다, 출장이다, 회식이다… 아버지의 핑계는 끊임없었고 엄마는 늘 오지 않는 아버지를 기다리며 날을 세고는 했었다.

그러던 어느 날부터 어린 혜주에게 간식을 만들어주고 아버지가 올 때까지 같이 기다려 주기를 원했다. 밤늦은 시간… 그 시간이 언제라도 혜주의 엄마는 간식을 잔뜩 만들어 그걸 다 먹기 전에는 혜주를 재우지 않았다. 늘 혜주의 입맛에 꼭 맞는 걸 만들어주시는 엄마였다. 그래야 혜주가 잠을 자지 않고 엄마의 말벗이 되어줄 테니 말이다.

혜주는 기억을 더듬어보면 밥 먹었던 시간보다 쿠키나 케이크, 아이스크림 먹은 기억이 더 많았다. 여느 아이들과 같은 평범한 아이였던 혜주인데 엄마의 외로움과 아버지의 무관심에 의해 비만으로 만들어지고 만 것이다. 그 이후로도 수많은 운동과 노력을 했었지만 어릴 적부터 찌워진 살과 바뀐 입맛은 혜주에게 늘 실패와 고통만을 안겨주었다.

양호실에서 나온 혜주는 낙엽이 뒹구는 여우계단 맨 아래에 앉아 있었다. 지친 얼굴로 고개를 처박고 앉아 있는데 그 옆으로 지나가던 아이들은 자기들끼리 뭐라 수근거리며 지친 혜주를 더욱 힘들게 만들고 있었다.

혜주는 고개도 들지 못하고 돌덩이처럼 그렇게 앉아 한참을 있었다. 시간이 지나 아이들은 사라지고 어둑해진 계단 아래 남은 것은 상처받은 혜주와 간간이 불어오는 바람뿐이었다.

혜주는 어두운 얼굴로 힘겹게 일어나더니 의미심장한 눈으로 계단을 올려다보았다. 계단을 감싼 나뭇가지들이 바람에 흔들리는데 그 모습은 마치 혜주에게 손짓을 하는 듯 보였고 혜주는 그 사이를 천천히 올라가며 무겁게 숫자를 세었다.

"하나, 둘, 셋, 넷……."

혜주가 숫자를 세자 갑자기 심상치 않은 소리와 함께 구름이 몰려오기 시작했다. 계단의 어두운 기운과 혜주의 발 아래로 우수수 굴러가는 마른 낙엽들… 혜주는 두 눈을 꼭 감은 채 간절한 마음으로 계단을 하염없이 올라가고 있었다.

혜주가 계단을 오르는 이때에 빈 무용실 창가에 입김이 서리다가 누군가의 머리가 홀연히 사라지고 있었다.

무용과 탈의실에는 영선을 비롯한 아이들이 핀으로 망사를 고정시키고 있었다. 영선은 평소와 다르게 몹시 긴장된 얼굴로 아이들과 이야기를 하고 있었다.

"진짜로 봤대. 정남이가 분명히 제일 마지막으로 불 끄고 나왔는데 나오니까 무용실 불이 켜지고 어떤 애가 춤을 추고 있더라니까."

영선은 이야기를 하다 말고 갑자기 목소리를 낮추었다.

"근데, 그게 꼭 죽은 소희 같았대."

아이들은 너도 나도 소름이 돋는 듯 팔등을 문질러 대었다.

"야아~ 너 일부러 나 연습 못하게 하려고 하는 말이지? 조영선 재수없어!"

영선은 말을 하다 말고 같은 과 친구를 어이없이 쳐다보았다.

"진짜야, 병신아."

"아냐, 넌 나를 경계해 왔어."

영선은 다시금 말을 하며 콧방귀를 뀌었다.

"웃겨. 내가 윤진성이냐? 난 다른 건 몰라도 친구 배신 때리는 그런 추잡한 짓은 절대로 안 해. 알아?"

무용반 아이는 영선의 말에 공감하는 듯했다.

"하긴… 넌 그럴 애는 아니지. 그런데 계단에서 윤진성이 소희 밀었다며?"

영선은 진성에게 배신감이라도 느낀 듯 치를 떨었다.

"그러니까. 독한 년, 완전 살인자라니까."

무용과 아이들은 늘 소희를 좋아했었다. 그 아이의 타고난 기품, 완벽에 가까운 발레 실력, 수려한 외모, 그리고 상냥함. 아이들은 소희의 완벽함을 누구도 시기하지 않았다. 어느 것 하나 부족함없는 소희였기에 다른 아이들 역시 그렇게 대우해 주고 좋아했었다.

너무 완벽함을 갖춘 아이이기에 시기보다는 동경의 대상으로 인식되었던 소희… 그런 소희가 진성에게 그토록 잘하는 것이 무용과 아이들의 눈에 곱게 비치지만은 않았었다.

"소희 생각하면 더 기막혀. 소희가 윤진성한테 좀 잘했어야지. 하늘이 무섭지도 않은지… 그래 놓고 콩쿨은 또 어떻게 나갔데?"

아이들은 한참 이야기를 주고 받다가 순간 대화가 끊겼다.

"근데… 소희 자살할 때 다리 부러졌다면서 춤은 어떻게 추는 거지?"

아이들은 전부 같은 생각을 하고 있었는지 서로의 얼굴을 마주 보며 비명을 지르기 시작했다. 그리고는 서로의 비명에 놀라 서로 때리면서 깔깔 웃어댔다.

그때 진성이 거칠게 캐비넷 문을 닫고 나오자 일순간 아이들은 싸하게 진성을 바라보고 말이 없어졌다. 진성은 정색을 하며 탈의실을 나가려고 하는데 갑자기 발끝에서 느껴지는 통증에 그 자리에 주저앉고 말았다. 바닥에 떨어져 있던 유리 조각에 발을 베인 것이다. 진성의 타이즈에 붉게 피가 번져 갔다.

진성은 수업 종이 울리고도 가방 쌀 생각을 하지 않고 멍하게 자리를 지키고 앉아 있었다. 금방이라도 비를 쏟을 것 같은 흐린 하늘이 진성의 눈에 비춰지고 있었다.

"윤진성, 일어나!"

교실 안으로 담임이 들어와 진성의 이름을 호명하자 웅얼거리던 아이들은 진성에게 집중했다. 진성이 불안한 마음으로 조심스레 일어나는데 진성을 보는 담임의 표정은 아주 밝았다.

"자! 주목. 우리 반 진성이가 요번에 러시아 발레 스쿨에 초청받게 되었다. 개인적으로도 명예이지만 학교 이름을 빛내게 된 것에 대해 아주 자랑스럽게 생각하고 앞으로 세계 무대에서 얼마나 커나갈지 선생님은 몹시도 기대된다. 자, 다 같이 진성의 좋은 출발과 창창한 앞날을 축하해 주자. 박수!"

담임의 단독 박수를 시작으로 아이들은 하나둘 박수를 치지만 모두 꺼림칙한 표정이었다. 그나마 박수치는 아이들의 일부는 영선에게 붙잡히는 바람에 그만두어야 했다. 진성은 반갑지 않은 축하 속에 우두커니 서 있었다.

너에게 나의 가치를 인정받고 싶어서라기보다 내 스스로 나를 방관하고 싶지 않아서다, 이유는.

명료하게 내 손바닥에 그어진 금들을 바라보고 싶었기 때문이라고… 어정쩡하게 무용실 안을 둘러보던 그때와 지금은 엄연한 차이가 있어.

그때는 수줍었지만 지금의 난 그곳을 갖기 위해 달려가고 있어.

나는 그곳을, 너는 나를, 혹은 허공을…

내 뼈가 맞부딪치는 소리, 네 몸에서 느껴지던 열기…

어서 겨울이 왔으면… 어서 이 지독한 여름에서 벗어났으면……

추적추적 비가 내리기 시작한 하늘… 어두컴컴한 복도에는 음산한 기운마저 감돌고 있었다.

혜주는 혼자서 가방을 메고 복도를 지나는데 마른 복도에 선명하게 물 발자국이 나 있었다. 아무도 없는 복도에 물기가 흥건한 발자국을 혜주는 이상하게 생각하다가 고개를 들어보니 복도 저 끝으로 여학생 하나가 홀연히 지나가고 있었다. 그 모습은 마치 소희와 흡사해서 혜주는 허겁지겁 그 학생을 따라갔지만 소희를 닮은 그 아이는 마치 허공을 떠가듯 화장실 안으로 홀연히 사라져 버렸다.

텅 빈 화장실 안으로 혜주가 급히 뛰어들어 왔다. 그러나 소희는 온데간데없이 사라지고 적막한 화장실에는 빗소리만이 가득했다.

잘못 볼 리 없었다. 혜주는 자신이 다른 사람을 소희로 착각할 리 없다고 자신하며 하나씩 화장실 문을 열어보기 시작했다.

삐그덕, 쿵. 삐그덕, 쿵.

낮은 형광등의 울림과 혜주의 규칙적인 문 닫는 소리가 묘한 긴장감을 만들어내고 있었다. 마지막 칸에 이른 혜주가 문을 열려다 말고 발을 멈추었다. 문 위에는 커다랗게 매직으로 '엄혜주 전용 칸'이라고 쓰여져 있었던 것이다.

비꼬는 그림과 함께 온갖 난잡한 낙서들… 혜주는 윤지의 짓임을 한눈에 알아보고는 그림을 한참이나 노려보았다. 이때 어디선가 낮은 신음 소리가 들려왔다.

귓속을 긁는 듯한 소름 끼치는 소리에 혜주는 뼛속까지 얼어붙

귓속을 긁는 듯한 소름 끼치는 소리에

혜주는 뼛속까지 얼어붙는 듯한 긴장감을 느꼈다

는 듯한 긴장감을 느꼈다. 그 소리는 혜주 앞에 있는 마른 수도꼭지 안에서부터 들려오고 있었다.

빈 파이프 관을 통해 땅속 깊은 곳에서부터 타고 올라오는 듯한 깊은 울림 소리… 그곳에서 사람의 낮은 신음 소리가 섞여 나오고 있었다. 거울 속에는 공포에 경직된 혜주 자신의 얼굴이 비춰지고 있었다.

혜주는 이러지도 저러지도 못한 채 파이프 관을 응시하는데 갑자기 '빠직' 소리와 함께 자신의 얼굴이 비춰지던 거울이 반으로 조각났다. 동시에 거울 속 혜주의 얼굴도 조각나 버리고 마는데 두 조각난 거울 속 혜주의 질린 얼굴 뒤로 누군가의 종아리가 화장실을 빠져나가고 있었다. 놀라서 뒤를 돌아보면 아무도 없고 축축한 빗소리만이 혜주의 귓전을 때릴 뿐이다.

한참을 퍼붓던 비가 이제는 뿌연 안개로 변해 뱀처럼 스멀스멀 학교를 감싸고 있었다. 라디오에서 지난간 가요가 흘러나오는 가운데 혜주는 텅 빈 조소실에서 자신의 자화상을 만들고 있었다.

흙이 묻은 손으로 자신의 얼굴 이곳저곳을 만지며 입체감을 느끼다가 갑자기 손바닥에 묻은 흙을 혀로 맛보았다. 그러고는 흙의 텁텁한 맛에 진저리를 치며 '퉤, 퉤' 뱉어내는 혜주의 동공은 정신이 나간 사람처럼 풀려 있었다.

알 수 없는 행동을 반복하던 혜주는 자신의 자화상을 빚다 말고 뜬금없이 주머니에서 하얀 알약을 꺼내 여러 개를 한꺼번에 먹고 물을 들이켰다. 그러고는 다시 작업대에 앉는데 라디오에서 음성

좋은 남자 DJ의 낮은 목소리가 흘러나왔다.

[외롭다고 생각하시나요? 이 세상에 나 혼자뿐이라는 생각… 그럴 땐 친구나 가족에게 먼저 사랑을 표현해 보는 것은 어떨까요? 외로움을 느끼는 사람은 스스로 사랑을 시작하지 않은 사람일 것입니다.]

혜주는 남자 DJ의 음성에 빠져 아예 턱을 괴고 라디오 앞에 자세를 잡았다.

[진실한 사랑은 반드시 상대에게 두 배가 되어 돌아온다고 합니다. 마음을 주고 받지 못하면 세상은 얼마나 삭막할까요? 사랑을 주고도 무시당한다면 그땐 차라리 죽어야지요. 살아서 뭐 합니까?]

DJ의 목소리가 점점 격양되자 혜주는 이상함을 느끼고는 고개를 들었다.

[사랑을 구걸하고 훔치고… 정말 쪽팔리지도 않냐, 엄혜주? 하하하!]

혜주를 비웃는 미친 듯한 웃음소리는 분명 라디오에서 들리고 있었다. 혜주는 믿을 수 없는 표정으로 라디오의 이곳저곳을 살피기 시작했다.

[엄혜주! 엄혜주! 엄혜주!]

분명 라디오의 스피커에서 자신의 이름이 흘러나오고 있었다. 혜주는 끔찍한 듯 귀를 틀어막다가 라디오를 내팽겨쳤다.

[아야얏! 아하하! 엄혜주! 엄혜주!]

혜주는 라디오에서 나오는 소리에 질려 라디오를 꽉 밟더니 그걸로도 모자란 듯 조소실에 있는 연장으로 라디오를 부수기 시작했다. 라디오가 형태를 알아볼 수 없이 부서지자 혜주는 허물어지 듯이 그 자리에 주저앉는데 이번에는 혜주의 머리 위로 하얀 손이 쓰윽 다가왔다.

"머리를 조금만 더 자르면 예쁠 텐데."

혜주는 낯익은 목소리에 멈칫하지만 두려움에 고개를 들지는 못 했다.

"그동안 많이 외로웠지? 나도 너가 없어서 너무 외로웠어."

혜주의 귓가에 대고 나긋나긋 속삭이는 달콤한 목소리는 혜주에 게 안도의 숨을 쉬게 해주었다.

"옛날부터 너랑 친해지고 싶었어. 내가 너 좋아한 거 넌 모르지?"

혜주는 멍한 얼굴이 되어 머리를 끄덕였다.

"정말이야. 너가 얼마나 착한데… 우리 둘이 다니면 정말 잘 어 울릴 거야. 같이 가서 서볼까?"

핏기없이 하얀 손이 혜주를 이끌고 거울 앞에 섰다. 거울 앞에선 혜주와 또 한 명의 소녀. 그러나 거울 안으로 비춰지는 모습은 두 명의 소희였다.

혜주는 믿을 수 없어서 자신의 얼굴 여기저기를 더듬어보았지만 분명 소희의 얼굴과 같아져 있었다. 그동안 지친 혜주의 머리를 소 희는 다정하게 쓸어 내려주고 있었다.

파리한 입술과 핏기없는 얼굴이 예전과 조금 달라지기는 했지만 소희가 분명했다. 혜주의 입가에는 이제 슬며시 미소까지 지어지 고 있었다. 이젠 두 명의 소희가 거울 속의 서로를 보며 스산하게

DJ의 목소리가 점점 격양되자

혜주는 이상함을 느끼고는 고개를 들었다

웃음을 지었다. 더 이상 혼자가 아닌 혜주였다.

　사방이 거울로 둘러싸인 무용실에서 영선과 진성은 연습을 하고
있었다.
　비디오를 틀어놓고 하나하나 동작을 따라하는 영선에게 진성은
선생님처럼 일일이 동작 하나하나를 지적해 주고 있었다. 발레를
하는 여학생들은 본보기에 좋은 선배들의 작품을 녹화시켜 놓았다
가 연습할 때 많은 도움을 받고는 했다.
　"영선아, 저 언니 좀 봐봐. 여기서 팔을 이렇게 더 구부리면 훨씬
동작이 예뻐지잖아."
　영선은 진성의 지적이 틀린 게 아니란 건 잘 알고 있었지만 따라
하기에 썩 기분이 내키지는 않았다. 영선은 진성의 지적에 입이 한
치는 나와서 억지로 팔을 고치고 있다.
　드디어 비디오 속의 여학생이 마무리 동작을 하고 멈춰 서면 영
선은 마지 못해 마무리까지 하고는 짜증을 내며 다리를 풀었다. 진
성은 하기 싫어하는 영선의 사정은 봐주지도 않고 오디오로 가서
테입을 리와인드시켰다.
　"이제부터는 제대로 하자?"
　진성이 영선을 바라보며 오디오의 플레이 버튼을 누르는데 테잎
이 튕겨져 나오고 있었다. 반복해서 몇 번을 눌러보았지만 결과는
마찬가지였다. 전에는 없던 일이라 영선까지 와서 오디오를 만지
지만 별다른 효과는 없었다.

132

"야, 됐다 그만 하자!"

영선은 차라리 잘됐다 싶었다. 동기에게 레슨받는 것 역시 기분 좋은 일이 아니지만 진성이라면 더 더욱 사양하고 싶었던 것이다.

"아직, 두 번밖에 안 했잖아."

진성은 선생님이 자신에게 맡긴 이상 책임을 다해주고 싶었다.

"다했다, 그래. 선생이 아냐?"

진성은 그래도 걱정스러운 표정으로 영선을 바라보았다. 그런 진성의 모습이 영선의 눈에는 선생한테 잘 보이려는 행동 정도로밖에 보이지 않았다.

"아, 진짜… 누가 쁘락치 아니랄까 봐 되게 충성하네. 젠장! 이따가 내가 전화할 테니까 미리 찔르지나 마."

진성은 영선의 말에 빈정이 상하였다. 연습을 안 시켜주면 사실 편한 건 진성 자신이었는데 생각해서 도와주니 딴청이었다. 진성도 이제는 알 바 아니라는 듯 가방을 챙기기 시작했다.

"그럼 선생님한테 오디오 고장났다고 꼭 얘기해."

영선은 그런 진성이 재수없다는 듯 샤워실로 가버렸다. 진성은 한숨을 쉬며 남은 뒷정리를 해야 했다. 오디오며 히터를 끄고 창문이 잠긴 것을 확인 후에 진성 자신도 샤워실로 나가자 무용실은 순식간에 고요함으로 빠졌다.

진성이 샤워실에 들어섰을 때 영선은 먼저 샤워를 하고 있었다. 망에 꼽은 실핀을 하나하나 빼고 머리를 늘어뜨리는 진성에게 영선은 뜬금없이 말을 건넸다.

"윤진성, 너 안 무섭냐?"

진성은 풀어 내린 머리를 빗질하기 시작했다.

"뭐가?"

영선은 진성이 죄책감에 당황하는 모습을 보고 싶었다. 소희는 무용과에서 따라갈 수 없는 동경의 대상이었지만 진성은 아니었다. 진성은 일반적인 무용하는 학생들과 별다를 바 없는 노력으로 조금 더 우수한 그냥 연습 벌레였는데 이렇게까지 높은 곳으로 올라가는 것을 그냥 두고 볼 수 없는 영선이었다.

사실 진성이 소희 다음으로 발레를 잘하는 것은 누구나 인정하지만 진성이 정도의 연습을 하고도 그만큼 못한다면 말도 안 된다고 생각하는 이들이 허다했다. 영선도 그중의 하나였다.

"밤에 여기서 소희 나온다잖아. 그런 얘기 듣고도 넌 아무렇지 않아?"

진성은 이내 얼굴이 굳어져 샤워기의 물을 세게 틀었다. 영선은 진성의 반응에 왠지 모를 통쾌함이 느껴졌다.

"하긴, 니네야 워낙 친했으니 별 해꼬지야 하겠어? 소희가 뭐 한 맺힌 게 있다면 모를까."

진성은 냉담하게 받아치고 싶었지만 소희라는 이름을 들을 때면 가슴 한쪽이 무너지는 아픔이 밀려왔다.

"무슨 말이 하고 싶은 거야?"

"그때, 너희 오디션 보던 날 말이야."

진성은 얼굴에 핏기가 가시고 있었다.

"너, 소희랑 토슈즈 바꾸더라. 그건 왜 그런 거야?"

영선은 덤덤한 척 말하고 있었지만 이미 거울 속에 비치는 진성의 얼굴을 관찰하고 있었다. 먹잇감을 노리는 살쾡이처럼 영선은 진성을 그렇게 바라보고 있었다.

계속 몰아붙이는 영선을 바라보는 진성의 표정 역시 냉랭하게 변하고 있었다. 진성은 샤워기의 물을 잠그고 영선을 직시했다.

"그게, 왜 궁금한데?"

영선은 진성의 반응 앞에 오히려 당황스러웠다. 진성이 당황하고 더듬길 바랬는데 오히려 냉정해지고 있지 않은가. 영선은 할 말을 잃었다.

"묻지도 못하냐? 그냥 물어본 거야. 갑자기 왜 살벌하게 그러냐?"

영선은 진성이 날카롭게 나오자 자신이 언제 그랬냐는 듯 모른 척 계속 씻기만 했다. 진성 역시 그만 관두기로 하고 샤워기를 트는데 갑자기 영선의 샤워기에서 물이 끊기더니 이내 찬물이 쏟아져 나왔다.

"앗! 차거."

영선은 얼른 물줄기 밖으로 나왔다.

"왜 이래, 이거?"

영선이 진성에게 묻지만 진성은 들은 척도 안 하고 머리를 감고 있었다. 영선은 양손으로 진성의 물줄기를 만져 보고는 자신의 것만 그러는 것을 확인하고는 짜증을 내었다.

"아이 씨~ 짜증나. 왜 내 것만 이래? 이것도 사람 가리나. 씨."

영선은 진성을 한번 노려본 후 머리에 수건을 감고는 나가 버렸다. 영선이 나가고서 바로 샤워실의 불이 꺼지자 진성은 영선이 그런 줄 알고는 소리를 질렀다. 그러나 아무런 대답도 없고 어둠에 잠긴 샤워실에서 물소리만이 들릴 뿐이었다.

진성은 어쩔 수 없이 어두운 채로 머리를 헹구는데 오늘따라 유난히 물 빠지는 수챗 구멍 소리가 기괴하게 들리고 있었다. 진성은 순간 두려워져 샤워실 문을 열고 밖을 내다보았다. 다행히 탈의실에는 불이 켜져 있었다. 손을 더듬어 불을 켜니 다시 환해지는 샤워실 안, 진성은 다시 물을 틀고 고개를 들었다.

"악!"

진성의 찢어지는 비명 소리가 샤워실에 가득 메아리친 건 이때였다. 거울 속에 비친 진성의 얼굴은 피로 범벅이 되어 있었다.

칠흑 같은 어두운 운동장을 진성과 영선이 나란히 걷고 있었다. 진성은 공포에 질려 아직도 어깨를 떨고 있었다.

"됐으니까 그만 좀 해라. 녹물이라잖아, 녹물. 아, 오늘따라 되게 오버하네. 학교도 그렇지, 공사를 하면 한다고 미리 이야기를 하던가. 뭐, 어쩌라는 거야?"

나란히 지나가는 영선과 진성 뒤로 무용실의 불이 켜졌다. 무용실 창으로 비춰지는 긴 머리 여자의 실루엣이 철사줄에 묶인 것처럼 허공에서 춤을 추듯 움직이고 있었다. 두 아이는 이를 의식하지 못한 채 어두운 교정을 빠져나갔다.

136

같은 시간, 혜주의 방 안 까만 유리창에 창백한 혜주의 얼굴이 비춰지고 있었다. 혜주는 우두커니 서서 다리를 이상한 모양으로 구부리고 있었다. 발레리나들이 하듯 발끝을 땅에 대고 꾹 억지로 누르자 발끝에서는 '우두둑' 하는 소름 끼치는 뼈 소리가 들려왔다. 이내 힘에 못 이겨 꺾인 발가락을 보며 혜주는 만족스러운 듯 미소 지었다.

발가락이 꺾이자 이번에는 머리를 풀어헤쳤다. 길게 늘어진 머리를 손으로 당겨 잘라내더니 어깨 위로 늘어진 들쑥날쑥한 머리를 다시금 반듯하게 다듬기 시작했다. 혜주의 방 안은 전과 다르게 음산한 분위기로 가득 차 있었다.

진성은 방 안에서 강수진의 사진을 보고 있었다. 사진 속 발레리나의 아름다운 자태에 늘 소희와 진성은 감탄을 하며 같은 미래를 꿈꿔왔다. 이제는 소희와 너무도 다른 길을 걷게 된 진성은 어찌할 바를 몰랐다.

'소희야……'

진성은 나지막하게 오랜만에 친구의 이름을 불러보지만 이제 대답해 줄 소희는 없다. 진성이 침대로 돌아가려 하는데 갑자기 요란한 바람 소리와 함께 나뭇가지들이 흔들리기 시작했다. 그리고 저절로 돌아가는 오르골의 발레리나. 진성이 놀라 오르골을 잡으려 하자 이내 멈춰 버렸다. 순간 다시 정적 속에 빠지는 진성의 방 안에서 진성은 어떠한 움직임도 없이 꼿꼿이 오르골을 바라보고 있었다.

　진성이 억지로라도 잠을 청해보려고 침대에 누운 순간 복도에선 1시를 알리는 괘종시계 소리가 들리고 있었다.

　이때 점점 가까이 들려오는 발자국 소리에 진성은 조용히 눈을 떴다. 점점 또렷하게 가까워지는 발자국 소리에 진성은 귀를 곤두세우고 숨도 쉬지 못하는 긴장감에 빠져들었다.

　발자국 소리는 진성의 문 앞에서 멈추더니 살며시 진성의 문 손잡이를 돌려보고 있었다. 문이 잠겨 있는 것을 알았는지 거칠게 손잡이를 돌리더니 이내 진성을 불렀다.

　"진성아……."

　"누, 누구야?"

　진성은 문 손잡이를 응시한 채 꼼짝도 하지 않았다.

　"잠깐 문 좀 열어줘……."

　진성은 주저하면서 간신히 문을 열어 빼꼼히 밖을 내다보는데 그곳에는 혜주가 서 있었다. 친하지도 않고 별로 말도 안 해본 혜주가 이 밤에 자신의 방까지 찾아온 게 진성은 의아했다. 혜주는 진성의 표정을 보더니 재빨리 온 이유를 설명했다.

　"방에서 자꾸 이상한 소리가 나서… 잠을 못 자겠어."

　"이상한 소리라니?"

　"누가 밤마다 창문을 두드리는 거 같아."

진성이 충격으로 멍해진 사이 혜주는 허락도 없이 성큼 방 안으로 들어왔다. 혜주는 예전의 자기 방이 이제는 너무도 낯선 듯 둘러보다가 책상 위에 있는 오르골에서 시선이 멈추었다.

두 개의 발레리나 인형이 서 있는 오르골을 한동안 미동도 없이 바라보던 혜주는 이내 아무렇지 않은 듯 진성의 침대로 들어갔다. 침대에 반듯이 누워 천장을 바라보는 혜주의 행동을 진성은 믿을 수 없는 표정으로 바라보고 있었다. 혜주는 진성이 자신의 옆에 눕길 기다리고 있는 듯 보였다. 예전에 소희가 그랬듯이 말이다.

"진성아, 내가 귀신 이야기 하나 해줄까?"

혜주를 바라보는 진성의 눈에는 혼란스러움이 가득했다.

"나가, 엄혜주!"

진성이 단호하게 이야기하자 혜주는 마치 자신의 이름이 아니라는 듯 딴청을 부렸다.

"안 들려? 나가라고! 나 자야 돼!"

진성은 그동안의 스트레스에 신경이 예민해져 버럭 소리를 지르고 말았다. 그러자 혜주는 이불을 확 걷어내고는 진성을 향해 똑바로 다가오더니 불안하게 흔들리는 진성의 눈을 말없이 바라보았다.

조금 뒤 혜주가 나가자 진성은 참았던 숨을 토해내며 방문을 잠그고 쓰러지듯 등을 기대었다. 이제는 뭐가 진실이고 뭐가 거짓인지 알아볼 수 없는 진성이었다. 진성은 그렇게 알 수 없는 서러움에 사로잡혀 어둠 속에 한참을 서 있었다.

어쨌거나 과거는 두 가지 방식으로 존재한다
미화되거나 잊혀지거나

안개 속에서 희뿌옇게 보이는 여우계단. 그런 계단의 맨 아래 윤지가 불안함을 감추지 못하고 다리를 떨고 있었다. 윤지의 옆 자리를 차지하고 있는 아트지와 스케치북.

그러나 윤지의 스케치북에는 아무것도 그려져 있지 않았다. 윤지는 자신의 입술을 잘근잘근 깨물다가 무언가 생각이 난 듯 벌떡일어났다. 굳어진 얼굴로 여우계단을 세는 윤지는 힘있게 한 계단한 계단을 세며 올라가지만 스물여덟에서 더 이상의 계단은 없었다.

얼굴이 일그러진 윤지는 화를 참을 수 없는 듯 발 아래 놓여 있던 돌멩이를 집어 힘껏 계단 아래로 던져 버렸다. 계단을 구르며돌멩이는 떨어지고 불어오는 바람에 스케치북과 아트지는 후드득

141

넘어가고 있었다.

미술과 아이들은 조소실에서 자신의 두상을 빚느라 분주했다. 흙 묻은 손으로 자신의 얼굴을 만져 보기도 하고 사진을 보기도 하며 뼈대에 살을 붙이고 있는 아이들… 이런 아이들 작품을 조소선생은 일일이 봐줘가며 작업대 사이를 지나다니고 있었다.

"분명히 말했지만 다 양심적으로 만들어. 자기 얼굴하고 똑같이 만든 사람만 점수 줄 거야. 눈, 코, 입 다 성형시키고 자기라고 빡빡 우기는 사람은 소용없다는 거 알지? 특히 이경진, 정영……."

아이들은 깔깔거리며 웃지만 경진과 영은 서로를 마주 보며 억울해하고 있었다.

윤지는 도저히 작업이 안 잡히는지 작업대 위의 짐들을 챙겨서 조소선생에게 다가갔다.

"선생님, 저 내려가요."

조소선생은 윤지의 까탈스러움에 질린 지 오래였다.

"어이구, 어쩐지 오늘은 왜 가만히 있나 했다. 너 내가 분명히 말해 두는데 크다고 무조건 점수 잘 주는 거 아니야. 너 수준에 맞게 해, 욕심 부리지 말고. 알았어?"

윤지는 매번마다 잔소리를 해대는 조소선생한테 짜증이 몰려왔다.

"알았다고요!"

윤지는 조소선생 들으라는 듯이 '쾅' 소리나게 문을 닫고 나가

버렸다. 조소선생은 쥐방울만한 것들이 어디서 문을 쾅쾅 닫고 나가는지, 자신이 학교 다닐 땐 생각도 못하던 행동이라 기도 안 차했다. 조소선생은 안 그래도 윤지 때문에 기가 차 있었는데 이번에는 경진과 영이 실실 웃음을 흘리며 조소선생을 보고 있었다.

"선생님이 참으세요. 애들이랑 싸워봤자 본전도 못 건지는 거 아시면서. 큭큭."

"뭐, 임마?"

조소선생의 얼굴에는 또 이것들은 뭔가 하는 표정으로 가득했다. 조소선생의 얼굴색이 변하는 걸 보았는지 못 보았는지 영은 경진에게 가르치듯 타일렀다.

"얘는 선생님께 싸가지없이! 쌤, 괜찮아요. 애들은 다 저러면서 크고 그러는 거예요. 쌤, 그런 의미에서 저희 작품 좀 봐주시겠어요?"

조소선생은 이젠 할 말도 없었다. 다만 영과 경진을 보면 예전에 보았던 '덤 앤 더머'라는 영화가 떠오를 뿐이다. 조소선생은 이 바보 씨스터즈의 두 머리를 쥐어박았다. 그러자 돌 깨지는 소리가 나고 아이들은 한바탕 웃어젖혔다. 경진과 영은 자화상을 자신이 좋아하는 여자 연애인의 얼굴로 대신 하고 있었다.

선생과 아이들이 웃고 떠드는 사이 혜주의 작업대는 자화상만이 지키고 있었다. 작업대 위에 비닐로 쌓여져 희미하게 비치는 혜주의 작품은 누구의 얼굴인지 형체를 알아볼 수가 없다.

텅 비었던 중앙 현관에는 다시 소희의 사진이 붙어 있었다. 하지만 이미 다리 부분은 잘려 나간 상태였다.

혜주는 소희의 잘린 다리 부분에 자신의 다리를 대어보다가 소희의 걸음걸이를 흉내 내며 천천히 걸어나오고 있었다. 반듯한 뒷머리와 꼿꼿한 허리, 그리고 팔자걸음은 누가 봐도 무용과 학생이었다. 혜주는 발레리나 특유의 팔자걸음을 흉내 내며 어디론가 걸어가고 있었다.

어두컴컴한 지하 작업실에는 커다란 전신상이 자리 잡고 있었다. 윤지는 진지한 표정으로 전신상에 흙을 붙이고 빚지만 어딘지 모르게 어색하고 균형이 안 맞아 애를 먹고 있었다.

전신상을 바라보다가 답답한 듯 길게 한숨을 쉬고는 담배를 꺼내 무는 윤지는 선풍기로 다가가 앉았다.

윤지는 어릴 적부터 실기에 대한 욕심이 컸다. 어릴 때는 그림을 그리거나 그 무엇을 만들어도 자기 나름대로의 행복을 느끼고는 했는데 윤지가 성장할수록 사람들의 기대치는 점점 더 커지기 시작했다. 유명한 예술가를 부모로 둔 덕에 일찌감치 메스컴에 주목을 받았고 어디를 가던 신동이니 어쩌니 하는 꼬리표가 따라다니고는 했었다.

사람들은 윤지를 윤지 그대로 보지 않았다. 이미 미술계에서 이름이 나 있는 엄마의 딸로서 얼마나의 능력을 발휘할 것인지에만 이목이 집중되고는 했다.

예고를 입학할 당시에도 면접 심사 위원들은 윤지의 꿈같은 건 묻지도 않았었다. 단지 엄마의 이름 석 자만 물었을 뿐이다. 그러다 보니 날이 갈수록 더해지는 것은 윤지의 부담감이었다.

스스로의 능력은 더 이상 없는 것 같은데 사람들은 많은 걸 요구하고 기대했으며 윤지는 그 기대에 부응하기 위해 어느 순간부터 자신도 모르게 모방을 하기 시작했다. 이제는 자신에게 더 이상의 창작 능력은 사라지고 없다는 것을 그 누구보다 잘 알고 있는 윤지였다.

그러나 이미 때는 늦었다. 이제 와서 그동안의 작품들이 누군가의 작품을 베껴온 것이라고 말할 수는 없는 일이다. 더 오래 더 많이 집중받고 찬사받고 싶은 욕심을 버릴 수 없었다.

윤지는 답답한 마음에 깊이 담배를 빨아들였다. 이때 뒤에서 천천히 다가오는 인기척에 윤지는 화들짝 놀라 뒤돌아서는데 그곳에 서 있는 것은 다름 아닌 혜주였다. 담배를 피우다가 선생님한테 걸린 줄 알고 긴장했던 윤지는 혜주를 보고 벌컥 인상을 썼다.

"또 너냐? 짜증나게……."

혜주는 말없이 윤지의 작품을 뚫어지게 바라보았다.

"여기가 어디라고 와? 그렇게 당하고도 한윤지 성격을 모르겠냐?"

윤지는 자신의 이야기는 듣지도 않고 작품만 뚫어지게 보는 혜주의 시선을 의식하고는 얼굴이 벌게졌다. 자신의 작품이 아트지에서 베껴온 것을 다시 한 번 혜주가 눈치 챘을까 봐 윤지는 얼굴이 화끈거리는 것을 감출 수 없었다.

윤지는 어떻게 해서든 혜주에게 상하 관계를 구분 지어 주고 싶었다. 그래서 자신의 약점은 입 밖에도 낼 수 없게 만들어주고 싶었던 것이다.

"까불지 말고 나가! 너가 암만 떠들어도 나한텐 개짓는 소리로도 안 들려. 왕따가 왜 왕따인지 알려줘? 그건 이유도 없어. 그냥 처음부터 왕따는 왕따인 거야. 그렇게 정해져서 태어나는 인간들. 뭐, 너도 그중 하나라는 말이지. 알았어?!"

혜주는 윤지를 타는 듯한 눈으로 노려보고 있었다.

"그게 엄혜주 네 운명이야. 주재 파악했으면 꺼져!"

윤지는 알지 못하고 있었다. 다른 때와 혜주가 다르다는 것을 말이다.

혜주는 얼음처럼 차갑고 섬뜩한 얼굴로 윤지를 노려보고 있었다. 구토 상처로 짓무른 혜주의 손에는 시퍼런 날을 번뜩이는 조각도가 쥐어져 있었고, 혜주가 윤지에게 한 발자국씩 다가갈수록 그녀의 손에도 점점 힘이 들어가고 있었다. 뒤늦게야 혜주의 조각도를 발견한 윤지는 사색이 되었다.

"너, 미쳤어? 뭐, 뭐 하는 거야?

윤지는 겁을 먹고 뒷걸음질쳐 보지만 혜주는 서서히 윤지의 숨통을 조이는 작업을 늦추지 않았다.

"내 운명이 그런 거라면 너도 마찬가지야. 내 덕에 넌 오늘 소원을 이루게 될 거야."

겁에 질린 윤지의 얼굴에 혜주는 힘껏 조각도를 꼽았다. 윤지의 하얀 살을 가르고 조각도의 뾰족한 끝이 그곳에 박혔다. 한 번, 두 번, 세 번… 혜주는 서두르지 않았다. 혜주의 얼굴 위에 윤지의 붉은 선혈이 튀어 만개하는 꽃처럼 피어나고 있었다.

푸르다… 푸르다…
또다시 들춰보고야 만 사건.
집착했어야 좋았을 일말의 사건들…
눈이 오지 않아서다, 여름이라고…….
눈이 오지 않아서
내가 자꾸만 넘어지고 마는 것.
차라리 비라도 내리면 덜 아팠을 텐데.
시간이 비켜가 준다면
나의 실책을 묻지 않아준다면
나는 조금은 가벼운 마음으로
숨을 쉴 수 있을지도 몰랐다.
그게 어디로 갔지?
소중한 내 편지가
어디로 사라진 걸까.
네가 만약 내가 상상했던 그런 인물이었다면
서두를 필요는 없었겠어도
단지 기억해 주기를.

나는 발목 때문에 늘 삐그덕거린다는 사실을…….

조소선생은 윤지의 작품을 검토하러 지하 계단을 밟아 내려가고 있었다. 낡은 선풍기 소리가 가득한 지하 작업실에 조소선생을 가장 먼저 반기는 것은 바짝 타 들어간 담배 꽁초였다.

"이 녀석 좀 봐라? 쬐끄만한 게 벌써 예술가 폼은 혼자 다 잡네 그려?"

조소선생은 꽁초를 주워 들며 혀를 찼다.

사실 예고 학생들이 실기를 하면서 담배를 피는 일은 비일비재했기에 선생님들이 알면서도 묵과해 주는 경우가 적지 않았다. 조소선생 역시 윤지의 작품을 보고 판단할 생각이었다.

작업 스트레스 때문에 숨통이 막혀 한두 대 피운 거라면 눈감아 줄 용의도 있었다. 그러나 그건 어디까지나 윤지의 작품에 얼마나 고뇌의 흔적이 있느냐에 따라 달라질 것이다.

조소선생이 윤지의 작업대 앞까지 갔을 때 바닥은 엉망으로 찍힌 붉은 진흙 자국투성이었다.

'요녀석! 도대체 뭘 한 거야?!'

조소선생은 윤지의 이름을 크게 불러보지만 되돌아오는 건 지하실 특유의 울림뿐이었다.

윤지를 찾던 조소선생의 눈에 윤지 대신 전신상의 뒷모습이 눈에 들어왔다. 별 기대 없이 전신상 앞에 선 조소선생은 입을 다물지 못했다. 자신의 교직 생활을 다 걸고라도… 아니, 예술 인생을

흙으로 빚은 윤지의 전신상은

살아 있는 듯 정교했고 전체적 비율도 정확했다

다 걸고라도 이런 작품은 처음이었기 때문이다.

흙으로 빚은 윤지의 전신상은 살아 있는 듯 정교했고 전체적 비율도 정확했다. 여지껏 자신의 자화상을 이렇게 완벽하게 재현해 낸 이는 아무도 없었다. 조소선생은 윤지가 그렇게 기특할 수가 없었다.

"이 녀석… 해내긴 해내는군."

조소선생은 입가에 연신 웃음이 지어지는 것을 막을 수 없었다. 조금이라도 빨리 윤지에게 칭찬해 주고 싶은데 윤지는 어느 곳에도 보이지 않았다. 다만 한쪽 구석에 깨진 채 처박혀 있는 또 하나의 전신상만이 지하실을 지키고 있을 뿐이었다.

조소선생은 펜과 종이를 꺼내어 윤지의 전신상 앞에 메모를 남겼다.

"한윤지, 넌 최고다!"

기쁜 마음으로 지하실을 나오는 조소선생 뒤로 미처 흙이 다 발라지지 않은 전신상의 손가락에선 누런 핏물이 뚝뚝 흐르고 있었다.

무용과 사무실에서 영선은 선생을 붙들고 땡깡을 부리고 있었다.

"아! 선생님, 진짜로 바꿔주세요. 저 개랑 안 친하단 말이에요."

무용선생은 책상 위의 서류를 큰소리 나게 정리하며 영선의 말은 들은 척도 하지 않았다.

"아앙~ 선생님~"

"시끄러! 그나마 진성이니까 내가 널 믿고 맡기는 거야. 친한 것끼리 붙여놓으면 될 일도 안 돼. 그래, 너 어제 연습 몇 번이나 했어? 다 하지도 않았지?"

무용선생은 영선의 봄을 위 아래로 훑어보고 있었다. 영선의 몸은 발레를 하기에는 이미 너무 통통해져 있었다.

"선생님, 어젠 오디오가 고장난 거구요……."

"핑계도 좋다. 그러니까 점점 더 살이 찌지."

무용선생은 영선의 엉덩이를 '팡' 소리나게 때렸다. 영선은 자존심이 상해 입을 삐죽거리는데 그때 하필이면 진성이가 들어왔다.

"저, 선생님……."

영선은 진성을 보자마자 표정을 일그러뜨렸다. 하필 가장 싫은 아이에게 엉덩이 맞는 모습을 보인 것이다.

"아! 짜증나!"

진성이 무안하고 어색해 무용선생을 바라보자 선생은 영선은 안중에도 없는 듯 행동하였다.

"내일 무용과 대표로 진성이 네가 공로상받는 거니까 미리 준비하고 오라고 불렀다. 머리랑 교복도 단정이 하고. 알았지?"

진성은 이제 공로상 따윈 별로 관심이 없는 듯 표정이 밝지 않았다. 무용선생은 진성이 콩쿨 일 뒤로 아이들과의 사이가 멀어졌음을 눈치 채고는 진성을 토닥여 주었다.

"애들 얘기는 너무 신경 쓰지 마. 너는 너 일만 열심히 하면 되는 거야. 이런저런 일에 일일이 신경 쓰면 너만 피곤해져. 그럼 누구 손해일지는 알고 있지?"

"네……."

진성은 마지못해 대답하였다.

"참, 그리고 러시아에서 우편물 왔는데 내가 바로 기숙사로 보냈다. 이따 확인하는 거 잊지 말고."

무용선생은 힘이 없어 보이는 진성이 진심으로 걱정되었다. 아끼는 놈 하나 잃었다고 다른 제자까지 잃을 수는 없는 일이었다.

"진성아, 너는 이제 이 학교 사람이 아니야. 앞으로 너의 춤 실력을 보여주어야 할 데는 따로 있잖아. 거기서 다시 시작하면 돼."

무용선생은 진성을 믿어주고 용기를 북돋아주었다. 진성이 요즘 들어서 처음 느껴보는 따뜻한 손길이었다.

진성은 어느 정도 마음의 안정을 찾은 듯 얼굴이 풀어졌다.

"저… 선생님… 감사합니다."

고개를 숙이고 나가는 진성의 뒷모습을 보며 무용선생은 한숨을 길게 내쉬었다. 진성에게서 예전같이 또래의 학생다운 모습은 이제 찾아볼 수 없었다.

진성은 무용과실에서 나오자마자 사감실로 뛰어갔다. 러시아에서 온 우편물 때문이었다.

사감실 앞에 도착해서야 '헉헉' 거리며 숨을 고르는 진성의 얼굴
이 상기되어 있었다.

"저, 선생님… 우편물이요."

사감선생은 자신의 손톱 손질을 하다 말고 진성을 힐끔 보았다.

"방에다 올려놨어. 가봐."

진성은 우편물을 빨리 열어보고 싶은 마음이 간설했나. 나시금
자신의 방까지 뛰어가 문을 벌컥 열어보았지만 그 안에는 아무것
도 보이지 않았다. 불을 켜고 방의 이곳저곳을 살펴보았지만 그 어
느 곳에도 우편물은 보이지 않았다.

진성은 고개를 갸웃하며 방에서 도로 나왔다. 사감선생한테 어
디에 두었는지 다시 묻기 위해서였다.

진성이 복도로 나오자 조용한 복도의 공기를 가르며 핸드폰 벨
소리가 울렸다. 진성이 전화를 받아보지만 기이하게 흐느끼는 소
리만이 들려오고 있었다. 진성은 그 자리에 우뚝 멈춰 섰다. 그 목
소리는 소희의 것이었다.

진성은 핸드폰을 귀에 바짝 대었다. 당혹스러움을 감출 수 없었
고 불안함을 감출 수 없었다. 그때 흐느낌과 같이 선명하게 들려오
는 기계 음… 자세히 들어보면 세탁실에서 나는 소리라는 것을 알
수 있었다. 진성은 전화기를 덮고 무작정 세탁실로 향했다.

희미하게 불빛이 새어 나오는 어두운 세탁실에는 덜덜거리는 세탁기 진동 음이 문 앞부터 크게 들려오고 있었다. 진성이 조용하게 문을 열고 스위치를 켜보지만 고장이 났는지 전등은 들어오지 않았다.

진성은 불안한 표정이 되어 세탁기 소리를 따라가 보았다. 회전하는 세탁기 속을 핸드폰 불빛으로 비춰보니 간신히 보이기 시작했다. 그리고 조금 후 진성의 눈은 휘둥그레졌다. 드럼통 안에서 뱅글뱅글 돌아가고 있는 것은 빨래가 아닌 자신의 러시아 팜플렛이었다. 투명한 물 안에서 해질 대로 해져 너덜거리는 종이는 자신이 그렇게나 기다리던 팜플렛이 분명했다.

진성은 다급하게 세탁기의 문을 열었다. 앞뒤 따질 경황이 없었다. 힘차게 문을 잡아당기니 물과 함께 휩쓸려 나오는 물에 불은 팜플렛이 진성의 손에 쥐어졌다. 어이없고 기가 막힌 진성은 잠시 당황스러움으로 어찌할 바를 모르고 있었다.

끼익—

갑자기 진성의 등 뒤에 있던 의자가 밀리면서 소름 끼치는 소리를 내었다. 놀란 진성이 힐끔 뒤를 돌아보는데 어둠 속에서 움직이는 사람의 형체가 진성을 향해 다가왔다. 길게 늘어진 반듯한 머리에 뻣뻣한 다리와 앙상한 팔은 진성에게 익숙한 실루엣이었다. 어둠 속의 그 실루엣은 마치 소희의 모습과 흡사해서 진성은 자신도 모르게 몸이 파르르 떨려오는 것을 느꼈다.

소희가 진성의 앞으로 다가와 눈을 마주치고 서자 진성은 믿어지지 않은 표정으로 한 발자국 뒤로 물러났다. 그러나 섬뜩하리만치 무표정한 그 소녀는 소희가 아닌 혜주였다. 물에 불은 팜플렛 조각을 짓이기듯 밟고 올라서는 혜주를 보자 진성은 분노로 미간이 격렬하게 떨려왔다.

"너 지금 뭐 하는 거야?!"

혜주는 진성의 분노를 즐기는 듯 보였다.

진성은 더 이상 혜주와 단 1분도 같은 공간에 있고 싶지 않았다. 진성은 혜주를 밀쳐 내고 찢어진 팜플렛을 집어 들었다. 이곳에 더 있다가는 자신도 격해진 감정을 다스릴 수 없을 듯해서였다.

진성은 격해진 숨을 몰아쉬는데 혜주의 눈은 얼음처럼 싸늘했다. 팜플렛을 움켜쥔 진성의 손에서 물줄기가 쉴 새 없이 흘러내리고 진성은 혜주를 노려보다가 세탁실을 빠져나갔다.

학교 강당에는 교복을 입은 전교생들이 정렬해 있었다. 삑삑 울리는 마이크 소리와 함께 시상식이 거행되고 진성의 이름이 호명되었다.

[위 사람은 @@예술 고등학교의 발전에 공헌하였으므로 이에 상장을 수여함. 2002년 12월 19일 교장 박나희.]

진성은 어느 때보다 진지한 표정으로 단상 위에서 학생들을 바라보았다. 단상 위에서 인사를 하자 강당 안은 학생들의 박수 소리로 메워지는데 진성은 박수를 치는 학생들 중 무표정한 소희를 발견하고는 당황하였다.

순간 몸의 균형을 잃은 진성은 단상을 내려오다 다리를 헛디뎠고 그 모습에 아이들은 까르륵 웃어대었다. 이어 조회의 모든 순서가 끝이 나자 학생주임은 전달 사항을 지시했다.

[학생과 전달 사항이다. 오늘부터 분실물 압수품을 돌려줄 예정이다. 학기 중에 빼앗긴 물건 있으면 학생과로 오기 바란다. 이상!]

빼앗긴 물건에 대해 수다를 떠는 아이들 속에서 진성은 긴장하고 있었다. 자신의 눈 저만큼 앞에 소희가 얼굴을 반쯤 가리고 서 있었기 때문이다.

검고 긴 머리에 새하얀 손가락… 진성은 떨리는 손을 진정시키려고 상장을 꽉 움켜쥐었다. 보지 않으려고 했지만 자꾸만 시선이 소희를 향해가고 있었다.

점점 좁혀지는 소희와의 거리에 진성은 식은땀을 흘리고 있었다. 교실 안으로 들어가려면 소희의 앞을 지나쳐야 했다. 거리가 좁혀지고 얼굴이 확인되었을 때 소희의 자리에는 혜주가 서 있었다. 진성은 알 수 없는 복합적인 감정들이 밀려왔다.

정말 소희가 찾아온 것일까? 아니면 혜주가 자신을 골탕 먹이기 위해 하는 짓일까. 분노로 힘이 들어간 진성의 손에서는 방금 전에 받은 공로상이 구겨지고 있었다.

학생과 앞에는 끝이 보이지 않을 정도로 많은 아이들이 줄을 서 있었다. 모두들 압수된 물건을 찾으러 온 아이들이었다. 아끼던 워크맨부터 만화책, 명품 스웨터, 규정에 어긋난 신발 등 압수된 물건의 종류도 가지가지였다.

학생주임 앞에 배급이라도 받듯이 서 있는 아이들은 떠들고 장난치느라 소란스러웠다. 그 안에 조용히 서 있는 진성의 모습이 눈에 띠었다. 학생들 중 맨 앞 자리에 서 있는 경진과 영은 자신들의 물건을 찾을 생각에 신이 나 있었다.

"몇 학년 몇 반 몇 번이야?"

"2학년 3반 20번이요."

학생주임은 영이 말한 대로 명단을 찾아 물건을 꺼내는데 처음 보는 정체불명의 스폰지 조각이 나왔다. 감촉이 좋아 그것을 계속 주물거리던 선생이 물었다.

"이건 뭐냐?"

영은 그런 선생의 행동을 빤히 보고 있었다.

"그건 저의 자존심인데요. 그런데요, 선생님. 일단 물건을 넘기고 말씀하시죠."

학생주임은 뭔지 알 길이 없었다. 그동안 많은 물건을 압수하고 돌려줬지만 이런 물건은 처음 접해보는 것이었다.

"이게 뭔데?"

"브라자 뽕이요."

주임은 주물거리던 손이 무안해져 괜히 담배를 찾기 시작했고 경진과 영은 스폰지를 빼앗듯 받아 들고는 밖으로 뛰어나갔다. 이 광경을 지켜보며 줄 서 있던 아이들은 한바탕 자지러졌다. 웃는 아이들 틈에서 진성이 학생주임 앞으로 다가섰다.

"2학년 1반 11번이요. 김소희……."

진성은 소희의 이름을 댈 때 목소리를 낮게 낮추었다. 아이들이 듣고 또다시 입방아에 오르내릴까 봐서였다.

학생주임은 아직도 무안이 가시지 않았는지 헛기침을 하며 명단에서 얼굴을 들지 못하고 있었다.

"흠. 흠. 그거 벌써 찾아갔는데?"

진성은 표정이 굳어졌다. 소희는 죽고 없는데 누가 찾아갔다는 말인가.

"네? 누가요?"

"누구긴 주인이 찾아갔지."

진성은 불안으로 표정에 그늘이 져 학생과를 천천히 빠져나왔다.

모든 건 처음처럼, 폭탄처럼, 거짓말처럼, 자살처럼
끝이 나고 말 테지

아무런 기억이 없는 일기장 따위는 오래전에 버렸다.

난 이젠 벌거벗고 있는 한 마리 암컷에 불과하다.

이런 생각들로 내 하루를 더듬다 보면 길이 아닌 곳에서 들리는

사나운 울음소리가 내 손등을 할퀴곤 해.

아직도 아픈가?

아, 이 음악 소리는 어디선가 들어본 적이 있어.

한때는 말랑말랑했던 내 어깨를 지그시 누르던

열 개의 손가락들이 나를 위해 토해내던

그 핏소리와 닮았어.

나는 그를 위해 나를 힘껏 비벼 껐지.

취 - 하며 내 영혼이 힘없이 꺼지는 소리.

그 경쾌한 소리.

그리고 어둠.

적어도 그때까지는 아픈 게 뭔지 몰랐어.

다행이야. 소리는 우리의 감각을 무디게 할 뿐이라는 것을

진작에 알지 못한 건 정말 다행이야.

육체적인 고통은 어쨌거나 순간적인 것을.

오히려 내가 그들에게 더 큰 고통을 얹어주는 것을.

이제는 시간이 많아.

그래서 예전보다 편하게 숨 쉴 수 있어.

필요하다면 나를 빌려줄게.

제자리에 갖다 두지 않아도 괜찮아.

어차피 나는 꺼져 버렸으니까.

까맣게.

진성은 불안하고 혼란스러운 표정이 되어 복도를 지나는데 등 뒤에서 토슈즈로 걷는 듯한 '탁탁' 소리가 연신 들려오고 있었다. 멈칫하여 뒤를 돌아보면 길고 적막한 복도 외에 보이는 것이라곤 없다.

진성이 다시 발걸음을 옮기자 이번에는 오르골의 멜로디 소리가 잔잔하게 깔리고 있었다. 이건 소희가 준 오르골의 멜로디와 같은 음이었다.

진성이 조심조심 멜로디를 향해 발걸음을 옮기는데 그 소리는 복도의 코너를 돌았을 때 더욱 분명해졌다. 벽을 돌아 내려가는 그

곳의 계단은 소희가 떨어져 다친 그 장소였다.

진성은 무언가에 홀린 듯이 선뜻 발을 떼지 못하는데 마치 진성이 온다는 것을 미리 알기라도 하듯 계단 중간에 혜주가 앉아 있었다. 진성은 망치로 맞은 듯한 충격을 느꼈다.

창에서 쏟아지는 긴 햇살을 받으며 혜주는 손가락으로 그림자놀이를 하고 있었다 혜주가 낮은 목소리로 오르골의 멜로디를 정확하게 흥얼거리고 있었다. 그리고 돌계단 위의 다정한 손가락 발레리나… 그건 마치 오르골의 발레리나가 생명을 얻어 살아난 것처럼 보였다.

다정하게 어울려 춤추는 손가락 발레리나와 귀에 익은 낮은 흥얼거림이 진성의 마음에 다시 한 번 소희라는 지울 수 없는 멍울을 생기게 하고 있었다.

진성은 불을 켤 생각도 하지 않고 탈의실에서 옷을 갈아입고 있었다. 사물함을 열어 무용복을 넣으려고 하는데 소희의 사물함이 열려 있었다. 사물함 속에서 반짝거리며 빛을 내고 있는 발레리나 왕관… 왕관을 본 진성은 우뚝 멈추어 섰다.

진성은 최대한 차분하게 앞뒤의 정황을 맞춰보려고 노력 중이었다. 이럴 때일수록 이성적으로 생각하자 마음먹지만 상황에 닥치면 머리보다 감정이 앞서는 것은 어쩔 수 없었다.

자신이 학생과에 찾으러 갔을 때 분명 본인이 찾아갔다고 한 물건이 소희의 사물함에 정확이 들어 있었다.

'다시 소희가 왔다는 말인가……'

진성은 다시금 탈의실 안을 둘러보기 시작했다. 이 공간 안에 자신 말고 누군가가 분명히 또 있다는 것을 직감적으로 느끼고 있었다.

진성의 온몸에 소름이 돋고 식은땀이 흐르고 있었다. 한쪽 구석에 비쳐지는 그림자… 어둠 속에서 눈에 익숙해질 무렵 진성의 눈에 들어온 것은 혜주였다.

진성은 미치도록 피하고 싶었다. 이제는 그게 혜주든 소희든 진성의 피를 말리는 것은 마찬가지였다. 자신에게 점점 다가오는 혜주의 모습에 진성은 오금이 저려왔다.

진성의 코앞까지 다가온 혜주는 자신의 손에 들린 피 묻은 토슈즈를 진성의 앞에 내밀며 신음했다.

"나, 발이… 아파……."

진성의 두 눈이 거칠게 흔들리고 꽉 쥔 주먹에서는 손톱에 눌려 피 방울이 맺히고 있었다. 그런 진성의 눈앞에서 혜주는 천천히 토슈즈를 뒤집어 보였다. 그러자 토슈즈 안에서는 투명한 유리 가루가 어둠 속에서 반짝이며 바닥으로 떨어졌다.

"진성아, 누가 이런 짓을 했지?"

좀 전까지 고통을 호소해 오던 혜주의 얼굴이 이제는 서서히 분노로 바뀌어가고 있었다. 혜주의 눈빛은 한 사람의 눈빛이 아닌 듯 보였다.

진성은 공포에 질려 점점 뒷걸음질치는데 진성의 등 뒤는 사물함으로 막혀 있었다. 더 이상 갈 데도 없이 밀리는 진성을 향해 혜주가 새하얀 손을 뻗어왔다. 달아나고 싶어 물러나는 진성의 등이 자꾸 사물함에 부딪히고 시간이 갈수록 사물함의 흔들림이 격해지고 있었다.

눈부신 햇살에 진성은 눈을 번쩍 떴다. 탈의실 창가에 쓰러져 있던 진성은 어젯밤 공포를 띠올리며 탈의실 안을 살펴보지만 아무도 없는 듯 탈의실 안은 조용했다.

톡톡톡.

문 바깥에서 들리는 토슈즈 소리였다.

진성은 경직된 채 문을 뚫어져라 노려보지만 벌컥 문을 열고 들어온 것은 무용과 후배였다. 안도의 한숨을 쉬는 진성.

자신을 노려보고 있던 선배에게 놀란 아이는 지레 겁을 먹고 진성에게 다가서지를 못하고 있었다.

"어, 언니… 저 들어가도 돼요?"

후배는 연습을 하다가 잠시 나온 것인지 무용복 차림에 슈즈를 신고 있었다.

진성은 후배를 놀래킨 거 같아 미안한 마음에 들어오라는 손짓을 해주었다.

"저기… 김주원 선생님께서 언니 무용실로 오시라고……."

후배는 주춤거리며 말을 하더니 이내 종종걸음으로 탈의실에서 빠져나갔다. 후배가 나간 후 진성은 소희의 사물함으로 다가가 문을 열어보려고 하다가 용기가 나지 않는 듯 나가 버렸다.

163

진성이 안으로 들어섰을 때 무용실에는 적막함이 감돌고 있었다. 어두운 홀 안은 사람이라고는 보이지 않고 음침하기만 하였다. 지칠 대로 지친 진성은 벽을 더듬어 스위치를 간신히 찾았다.

불을 켜자 그 순간 머리 위로 터지는 폭죽과 왁자지껄한 환호성 소리에 진성은 정신을 차릴 수 없었다. 진성의 머리 위로는 샴페인 거품이 뿌려지고 연습용 정면 거울에는 '진성 언니를 러시아로! 이제 가면 언제 오나! 성공하세요! 등등 후배들이 써준 축하 메세지로 가득했다.

탈의실에 진성을 부르러 왔던 후배가 배시시 웃으면서 다가왔다. 무용과 후배들은 진성이 러시아로 가는 것에 대해 진심으로 존경하는 듯한 눈빛이었다. 자신들도 저런 실기를 할 수 있을지라는 의문 속에서도 잘된 선배를 보며 꿈을 키워 나가는 게 후배들이다.

진성은 평소 잘 챙겨주지도 못했던 후배들에게 미안한 마음과 고마운 마음이 동시에 생기고 있었다. 그간 너무도 피곤했던 진성에게 후배들의 마음 씀씀이가 작은 활력소가 되고 있었다.

진성이 후배들의 얼굴을 하나하나 바라보았다. 그동안 이름을 모르고 지나치는 듯했지만 하나하나가 낯익은 얼굴들이었다. 이때 후배들 사이에서 나오는 영선.

영선의 양손에는 케이크가 들려 있었고 진성을 바라보는 눈빛은 축하가 아닌 악의로 가득 차 있었다. 진성의 앞에서 영선은 공손히 케이크를 내밀더니 야릇한 미소를 지으며 냅따 진성의 얼굴에 케이크를 처박았다.

후배들은 분위기 파악이 안 되고 당연히 장난이려니 생각하며 깔깔거리는 속에 영선은 쾌재를 부르며 고소해했다. 그러나 아무 반응 없는 진성의 얼굴에선 크림만이 뚝뚝 떨어지고 후배들은 무언가 잘못되었다고 판단했는지 조용해지기 시작했다.

일순간 냉랭해진 연습실 분위기 속에 진성은 천천히 크림을 닦아내고 있었다.

"잘 가라, 윤진성!"

진성은 한 번의 깜빡임도 없이 영선을 응시하고 있었다.

"어딜 가든지 지금처럼만 살면 자알 살 거다."

영선의 비아냥거림 속에 진성은 주먹을 꽉 쥐었다. 참는가 싶더니 이내 고개를 들고 영선을 향해 달려드는 진성과 이를 맞받아치는 영선은 이미 악이 받칠 대로 받친 상황이었다.

으깨진 케이크 위에서 격렬히 싸우는 두 사람에게 놀란 후배들은 비명을 지르며 어찌할 바를 모르고 있었다.

"니가 소희한테 한 짓을 생각해 봐!"

영선의 말에 진성의 표정은 다시 한 번 사납게 변하고 있었다.

노을이 지는 붉은 하늘 위로 매캐한 연기가 솟아오르고 소각장 안의 활활 타오르는 불길을 보며 서 있는 진성의 손에는 피 묻은 토슈즈가 들려 있었다.

상처로 긁힌 두 뺨과 차갑게 식은 눈동자의 진성은 들고 있던 소

혜주를 모르는 사람이 이 방을 보았다
영락없는 무용과 학생의 방으로
착각하기에 충분했다

희의 토슈즈를 불길 속에 힘껏 던져 버렸다. 굳게 입술을 악무는
진성에게서 전에 없는 단단한 각오가 비춰지고 있었다.

　진성은 방 안에 앉아 기숙사 아이들이 모두 빠져나가는 저녁 식
사 시간을 기다리고 있었다. 이내 기다리던 그 시간이 되고 복도에
는 한차례 왁자지껄한 소리가 지나갔다.
　진성은 한산해진 복도로 나왔다. 침착하게 주위를 둘러본 진성
은 복도 가장 끝 방으로 발걸음을 돌렸다. 복도 가장 끝 방은 혜주
의 방이었다.

　마른침을 삼키며 혹시 혜주가 남아 있지는 않을까 두려운 마음에
진성은 조심스레 문 손잡이를 돌려보았다. 문틈으로 새어 나오는
한기… 진성이 혜주의 방에 들어섰을 때 그 방은 한동안 사람이 살
지 않은 것처럼 깨끗하고 냉랭했다. 진성은 먼저 누군가 갑자기 들
어올 것을 대비해 방문을 잠그고 방 안을 살피기 시작했다. 놀랍게
도 혜주의 방은 지젤 공연의 포스터부터 발레 공연 정보가 담긴 팜
플렛이 진열되어 있었다. 혜주를 모르는 사람이 이 방을 보았다면
영락없는 무용과 학생의 방으로 착각하기에 충분한 자료들이었다.
　진성은 예전에 자신이 쓰던 책상으로 다가갔다. 첫 번째 서랍을 열었을 때 그곳에는 깨진 작은 액자와 가위가 들어 있었다. 대수롭지 않게 가위를 꺼내 들은 진성은 소스라치게 놀랐다. 그 가위는 진성이 소희의 머리를 잘라줄 때 쓰던 것이었다.

가위를 보고 하얗게 질린 진성은 떨리는 손으로 다음 서랍 안을 뒤지기 시작했다. 다음 서랍에서 발견된 것은 혜주의 만화일기였다.

여우계단에서 살이 빠지게 해달라고 비는 혜주의 모습부터 교문 앞 소희와의 첫 만남, 소희의 입학 당시 모습, 체육복을 빌려준 소희에 대한 고마움 등 소희에 관한 것이라면 어느 하나 빠지지 않고 상세히 그려져 있었다.

천천히 일기를 넘기던 진성의 손이 어느 순간 멈추었고 진성의 두 눈은 두려움으로 떨리고 있었다. 혜주의 마지막 일기 속에는 계단에서 소희를 미는 진성의 모습이 강렬하게 스케치되어 있었고 진성의 얼굴은 볼펜으로 짓이겨 구멍이 뚫려 있었다.

진성이 마지막 장까지 보았을 때 혜주의 일기장은 마치 기다리기라도 한 듯 스스로 바람을 일으켜 한 장 한 장 넘어가며 덮혀지고 있었다.

혜주의 방에서 나온 진성은 불 꺼진 미술동의 복도를 지나 조소실로 향하고 있었다. 새하얀 석고상들을 지나 조소실의 문을 열고 들어갔을 때 조소실 안은 조용했다. 깨진 전구가 불안하게 불을 깜빡이는 가운데 여러 개의 작업 대마다 비닐로 쌓인 작품들의 얼굴이 간헐적으로 비춰지고 있었다.

진성은 불안한 마음으로 아이들의 작업대를 지나 한쪽 구석에 놓인 혜주의 작업대로 다가갔다. 습기 맺힌 비닐 안에 진성을 바라보는 듯한 혜주의 자화상 형체… 진성은 조심스레 그곳에 씌인 비닐을 벗겨내었다.

자화상의 형체가 들어났을 때 진성은 손에 들고 있던 비닐을 떨어뜨리고야 말았다. 진성의 눈앞에 있는 것은 습기 맺힌 소희의 모습이었다. 그건 마치 소희가 한참 연습을 하고 난 뒤에 땀으로 범벅이 된 모습과 똑같았다.

진성은 자신의 눈앞에서 일어나는 일을 어떻게 해석해야 할지 몰랐다. 현재로서 할 수 있는 일은 빨리 이 두려운 곳에서 벗어나는 것뿐이었다. 겁에 질려 바깥으로 나가려는 진성의 등 뒤에 딱딱한 무언가가 부딪혀 왔다. 조소실의 장식장과 부딪힌 것이다.

이 충격으로 장식장 안에 있던 석고상들이 쏟아져 나왔고 그중 하나가 진성의 발등을 내리쳤다. 움푹 파이는 살점 사이로 피가 베어 나오자 극심한 통증에 무릎은 꺾이고 진성은 발등을 움켜쥐는데 복도에서 급하게 걸어오는 듯한 발자국 소리가 들려왔다.

진성이 문 뒤로 몸을 숨기는 순간 혜주가 조소실 문을 '벌컥' 열고는 안으로 들어왔다. 날카로운 눈빛으로 조소실 안을 훑어보는 혜주의 눈이 형형하게 빛나고 있었다.

조소실 안 깨어진 석고상들과 비닐이 벗겨져 있는 자신의 자화상에 눈이 멈춘 혜주… 혜주가 서 있는 정면의 거울 속으로 뒷문이 움직이는 것이 보였다. 휙 하니 뒤를 돌아보지만 그곳에는 이미 아

169

지하 특유의 습한 냄새는 마치 무덤을 연상케 했다

무엇도 보이지 않았다.

　진성은 급히 복도를 뛰어가지만 다친 발등 때문에 불규칙한 발소리만이 복도 안에 울려 퍼지고 있었다.

　학교 외부로 빠져나가려고 현관으로 달려왔지만 이미 모든 문이 잠긴 상태였다. 그리고 멀리서 들려오는 혜주의 빠른 발자국 소리에 진성은 정신을 잃을 지경이었다.

　두려움에 땀으로 범벅이 되어 숨을 만한 곳을 찾아보지만 진성의 눈에 들어오는 것은 창백하게 웃고 있는 소희의 다리없는 사진뿐이었다. 사진 속의 소희는 진성이 움직이는 대로 눈동자를 굴리는 듯 보였다.

　막다른 곳에 이른 진성은 더 이상 갈 곳이 없었다. 그때 삐그덕 소리를 내며 문이 열려 안을 들여다보니 지하 작업실이었다. 어두웠으나 진성은 서둘러 그 안으로 들어갔다. 지하 특유의 습한 냄새는 마치 무덤을 연상케 했다.

　황급히 문을 잠그고 둘러보니 창문 하나 없는 컴컴한 지하실이었다. 진성은 불안하게 바라보며 조금씩 안으로 걸음을 옮겼다.

　섬뜩하게 날이 선 전기 톱과 용접기, 그리고 한쪽 구석에 서 있는 윤지의 전신상이 진성의 눈에 들어왔다. 진성은 윤지의 자화상을 사람으로 착각하고 소스라치게 놀랐다가 이내 미술과 학생의 실기 작품임을 알고는 천천히 다가가 전신상을 바라보았다. 살아 숨 쉬는 듯한 윤지의 조소상은 매우 섬세했다.

감탄을 하며 조금 더 자세히 보자 금방이라도 부서질 듯 쩍쩍 갈라진 윤지의 얼굴 위로 피가 번진 자국이 남아 있었다. 진성이 이상한 눈길로 핏자국을 만져 보려 하는데 등 뒤에서 '쿵쿵' 거칠게 문을 두드리는 소리가 들렸다. 놀란 진성은 서둘러 뒤를 돌아보았다. 지하실의 뿌연 유리창으로 혜주가 바짝 붙어 있었다.

양손을 유리에 댄 채 얼굴을 바짝 붙이고는 희번덕거리는 눈으로 진성의 동선을 따라 눈동자를 굴리고 있는 혜주. 공포에 질린 진성은 비명을 질러대었지만 하교 안의 그 누구도 와주지 않았다.

주변을 두리번거리던 진성은 급한 마음에 옆에 놓인 쇠끌을 집어 들었다. 금방이라도 부서질 듯 먼지를 일으키는 지하실 문을 진성은 공포에 절어 지켜보고 있었다. 기어이 잠금 쇠가 부서지고 혜주가 뿌연 먼지 속으로 들어와 진성을 노려보고 있었다.

"뭐, 뭐 하는 거야?"

진성이 쇠끌을 들어 올리며 소리쳐 보지만 혜주는 무표정하게 진성의 앞으로 한 발자국씩 다가갔다.

"오, 오지 마!!"

이때 혜주는 진성의 등 뒤에 누군가 있기라도 하듯 시선을 움직였다. 진성은 잔뜩 신경이 곤두선 채 혜주가 바라보는 그곳을 바라보다가 머리에 둔탁한 통증을 느끼며 정신을 잃었다.

어디선가 잔잔히 울려 퍼지는 낯익은 음악이 진성의 눈을 뜨게 했다. 지젤 곡이었다. 흐릿한 눈으로 둘러보자 자신은 사면이 거울

172

로 된 무용실 안에 누워 있었다.

음악이 나오는 쪽으로 시선을 던지자 그 옆에 웅크리고 앉아 있는 사람의 형체가 진성을 바라보고 있었다. 그 자리는 소희가 다리를 다쳤을 때 늘 발레 음악 DJ를 하던 자리였다. 어둠 속에서 반짝이는 두 눈은 진성을 향해 걸어나오고 있었다.

"윤진성, 아직도 내가 누군지 모르겠어?"

텅 빈 공간에 메아리치는 시늘한 음성은 분명 소희의 것이었다.

"난 이렇게 변한 게 없는데… 넌 왜 날 못 알아보는 거니?"

진성은 점점 다가오는 소리에 꼼짝할 수 없었다.

"진성아… 사랑해…….'

소희는 가슴 위로 손을 모았다. 이건 분명 발레리나들이 무대 위에서 하는 사랑의 표현이었다.

진성이 충격으로 멍해질 무렵 소희의 목소리를 한 정체가 서서히 얼굴을 드러냈다. 싸늘한 눈빛과 얼음처럼 냉랭하게 굳은 얼굴로 진성을 노려보는 혜주였다.

혜주는 원망과 분노가 가득 찬 눈으로 진성을 바라보며 다가왔다. 진성의 머리에는 순간 '빙의'라는 말이 스쳐 지나가고 있었다. 혜주가 하는 모든 행동은 영락없는 소희였던 것이다.

자신의 가위로 반듯하게 자른 머리카락과 오르골의 멜로디. 진성의 침대에 눕는 습성, 자신이 빼앗긴 왕관에 대한 기억, 이 모든 것은 소희만이 알 수 있는 것이었다.

죽은 이가 산 사람 몸속으로 들어왔다면… 진성의 머리 속은 영

173

화 필름처럼 정신없이 돌아가고 있었다. 진성이 머뭇거리는 사이 혜주는 점점 진성과의 거리를 좁혀왔다.

"계단에서 너가 날 밀지만 않았어도 내가 이렇게 되지는 않았을 거야. 이런 불행은 없었을 거라고."

혜주의 오른손이 등 뒤로 감추어져 있었다.

"뭐?"

"니가 원하는 대로 됐잖아. 난 이제 춤을 출 수가 없어."

혜주는 등 뒤에 감추고 있던 피 묻은 가위를 들이밀었다.

"대신 너의 그 다리를 가질 거야. 너도 나처럼 아파야지… 우린 친구잖아……."

정말로 다리를 잘라낼 것 같은 혜주의 살기에 진성이 뒷걸음질 치지만 가위를 단단히 손에 움켜진 혜주는 진성이 도망가게 놔두질 않았다.

격렬한 몸싸움 끝에 무차별적으로 아무 곳이나 찌르려 하는 혜주의 손을 진성이 걷어차자 손에서 날아간 가위가 거울에 부딪혔다.

전면의 커다란 거울이 산산 조각나고 깨진 거울 조각들이 그 아래에 서 있던 혜주의 몸 위로 우박처럼 쏟아져 내렸다. 혜주의 처절한 비명 소리와 피 범벅이 된 혜주의 몸에는 여기저기 흉직하게 조각난 거울이 박혀 있었다. 혜주는 악에 받친 듯한 숨을 토해내더니 몸을 웅크리며 쓰러졌다.

진성은 그래도 두려운 마음에 자신의 앞에 떨어진 가위를 주우려고 손을 뻗는데 쓰러진 줄 알았던 혜주가 벌떡 일어났다. 그리고는 진성에게 달려들어 목을 움켜쥐고는 숨통을 조이고, 얼굴이 검붉게 변하며 괴로워하던 진성은 간신히 가위를 집어 들었다.

혜주의 목, 파랗게 돋은 혈관 위에 정확히 가위의 날을 댄 진성, 위기를 느꼈는지 조금씩 진성에게서 손을 떼는 혜주의 손가락은 구토 상처로 심하게 짓물러져 있었다. 진성의 손에 들린 가위의 날이 점점 혜주의 목을 파고들었다.

"엄혜주! 너가 모르는 게 한 가지 있어."

혜주가 정면으로 진성을 응시했다.

"제단에서 내가 소희를 민 게 아니야."

혜주의 두 눈이 충격으로 심하게 흔들렸다.

"너가 소희라면 그걸 모를 리 없어……."

흔들리는 혜주의 눈을 보며 진성의 마음은 점점 확신으로 가득 차 있었다.

"아무튼 고마워. 난 한때나마 소희가 돌아온 줄 알았거든. 하지만 엄혜주, 넌 절대 소희가 될 수 없어. 넌 미친 거야."

혜주의 눈빛이 극심하게 흔들리더니 자신이 엄혜주임을 부인했다.

"아냐! 난 김소희야. 엄혜주가 아니야!"

서서히 무너지는 혜주의 몸과 가위 날로 인해 피가 베어 나오는 목을 보자 진성은 마음이 약해져서 어찌할 바를 모르는데 이젠 혜주 스스로가 균형을 잃고 몸을 떨고 있었다.

"난 엄혜주가 아니야. 아니라고. 난 그런 이상한 애 싫어… 엄혜주가 싫어!!"

혜주는 기어이 바닥에 주저앉아 절망 어린 목소리로 절규했다. 서늘한 홀 안에 무너져 울부짖는 혜주의 모습을 보면서 진성의 손에 쥐어져 있던 가위가 맥없이 떨어졌다.

어두운 방 안 열린 창문 앞에 혜주가 서 있었다. 혜주의 책상 위에 펼쳐진 일기장 위의 사진 한 장, 혜주의 어릴 적 모습이었다. 뚱뚱한 혜주의 얼굴은 도려내진 채 환하게 웃고 있는 소희의 얼굴을 대신 붙여놓았다.

스산한 바람을 맞으며 창가에 서 있던 혜주는 창틀을 밟고 올라섰다. 무엇이 진실인지… 무엇이 거짓인지… 무엇이 옳은 건지… 무엇이 나쁜 건지… 무엇이 아름다운 건지… 무엇이 추한 건지… 혜주는 알 수 없었다. 이어 '쿵' 하는 둔탁한 소리와 함께 창가에 서 있던 혜주의 모습은 보이지 않았다.

진성은 무언가 부딪치는 소리에 창밖을 힐끔 보다가 다시 박스 안에 물건을 챙겨 담았다. 무용 전공 서적과 발레 음악, 슈즈, 무용복 등등……

이미 죽어버린 너를 생각한다. 그리고 남아 있는 나를 생각한다. 그 여름… 몹시도 무더웠던 그 여름…

우리는 서로 살아 있었고, 사랑하였고, 그래서 행복했었다.

이 따위 시시콜콜한 잡념들에 휘둘리지도, 다른 일들 때문에 이를 악물고 눈물을 참아야 하는 일도 우리에게는 없었다.

나는 기억한다. 몹시도 무더웠던 그 여름, 내 평생 가장 소중하게 기억될 그 여름, 우리는 둘이지만 하나였던 그 잔인한 여름, 내 안에서 내 뿌리가 마르고 이윽고 잎이 떨어져 네가 죽어버린 날… 그땐 이미 나도 죽어 있었음을… 우리 두 사람의 영혼은 이미 우리에게서 벗어났단 사실을…….

마지막으로 오르골을 만지작거리더니 상자 안에 함께 넣고 테이핑을 했다.

진성은 몸을 일으켜 빈방을 둘러보며 새삼스럽게 심란함을 느끼고 있었다. 책상 위에 놓인 비행기 티켓과 여권을 확인하며 그동안의 기억을 되돌려 보니 만감이 교차하는 듯했다.

진성은 씁쓸한 웃음을 지으며 책상 위에 티켓과 여권을 가지런히 챙겨놓고는 침대 안으로 들어갔다.

진성은 오랜만에 편안한 단잠을 자고 있었다. 입가에 미소까지 지어진 채 달게 자고 있는 진성의 방 안으로 복도의 괘종 시계 소리가 울렸다.

댕!

시계가 1시를 알리자 창밖으로 거센 바람이 일었다. 그리고 뒤이어 바람에 날카롭게 부딪히는 나뭇가지들이 신음을 하는 듯 기이한 소리를 내고 있었다.

톡톡톡.

진성이 눈을 뜨지만 방 안은 조용한 어둠뿐이었다. 다시 눈을 감으려 하는데 상자 속에 테이핑까지 해서 넣어둔 오르골이 소리를 내어 몸을 일으킨 진성은 침대 아래에 놓아둔 박스를 확인했다. 그때 다시 한 번 선명하게 들려오는 소리…….

톡톡톡.

진성은 이상한 듯 창을 보았지만 보이는 것이라곤 창밖 나뭇가지의 흔들림 뿐이었다. 진성은 스스로 '신경 과민인가 보다'라고 생각하며 침대에 누우려고 하는 그때 빈 유리창에 사람의 손이 철썩 붙었다.

창백한 손이 창에다가 힘을 주자 소름 끼치는 손톱 긁히는 소리가 들리고 이어서 여자의 신음 소리가 들려왔다. 창문 아래에서 신음 소리를 내며 천천히 기어올라 오는 검고 긴 머리카락…….

눈앞에서 일어나는 장면을 믿을 수 없는 듯 진성은 고개를 저었지만 공포에 질린 얼굴은 납빛이 되어가고 있었다. 창 바깥에서 기어올라 오는 여자가 천천히 고개를 들자 얼굴의 윤곽이 드러났다. 한쪽 얼굴이 일그러진 퀭한 눈의 소희… 소희는 진성을 향해 서늘한 미소를 짓고 있었다.

진성이 뒷걸음질을 치자 침대 아래에 넣어놓았던 상자가 스스로 나와 진성의 길을 가로막고 계속 울리는 오르골 소리는 진성의 고

막을 터뜨릴 지경이었다.

소희를 피해 도망가던 진성은 장롱 문에 부딪혀 비틀거리고 소희는 창을 통해 서서히 기어 들어오고 있었다. 다리에는 뼈가 없는 듯 흐느적거리며 들어오는 소희의 기괴한 모습… 진성은 자신의 몸과 부딪혀 벌컥 열린 장롱 문을 피해 방문을 열고 달아났다. 이내 열린 장롱 문과 겹쳐진 방문 사이로 사라져 버리는 진성… 기숙사 빈 복도의 괘종시계는 긴장과 적막 속에 초침 소리만이 울리고 방 안에선 어긋난 두 개의 문이 흔들리고 있었다.

어두운 장롱 안에서 진성은 숨도 쉬지 못한 채 웅크리고 있었다. 떨리는 손으로 장롱 문을 집고 귀를 기울이는데 밖은 인기척없이 조용했다. 진성이 살며시 문틈에 눈을 대고 밖을 살펴보자 자신의 눈동자와 같은 크기의 붉은 점이 보였다. 밖에서 진성이 눈을 댄 위치에 소희도 마주 대고 있었던 것이다. 마치 진성의 행동 하나하나를 놓치지 않겠다는 듯.

진성이 기겁하여 뒤로 물러나자 소희는 양손으로 장롱 문을 긁어댔다. 날카로운 손톱 소리에 귀를 막는 진성의 머리 위의 옷가지가 마구 떨어지고 있었다. 놀라서 옷가지를 쳐내는 진성의 동공이 확대되어 있었다.

장롱 구석으로 몸을 바짝 웅크린 진성의 숨소리는 거칠어지고 소희의 이상한 신음 소리와 함께 섞여들었다. 그리고 이어지는 고요함… 진성은 장롱 벽에 바짝 기댄 채 새어 나오는 신음 소리를

참으려고 옷가지를 입에 물었
다. 옷 위로 떨어지는 공포에
질린 진성의 눈물이 그녀의
고통을 말해 주고 있는 듯했
다.

이때 진성의 뺨을 간지럽
히는 무언가… 진성은 소스라
치게 놀라 천장을 바라보았
다. 장롱 천장에서는 긴 머리
카락이 여러 마리의 실지렁이
처럼 스물스물 기어 내려오고
있었다.

천천히 진성의 뺨에서부터 옷 속으로 파고드는 머리카락… 진성
은 비명도 지르지 못한 채 머리카락을 떼어내려고 발버둥을 쳤다.
진성의 움직임에 장롱 안이 미세하게 흔들리기 시작했고 장롱 선
반 위에 있던 물건들이 진성의 머리 위로 우루루 쏟아지자 진성은
외마디 비명과 함께 머리를 감싸며 기절했다.

정신이 들었을 때 진성이 있는 곳은 컴컴한 탈의실 안이었다. 주
위를 둘러보지만 소희는 보이지 않았다.

진성이 더듬더듬 몸을 일으키는데 어디선가 불어오는 바람에 사
물함 문들이 삐걱거렸다. 그리고 안에서 느껴지는 사람의 기척, 진

성이 안으로 들어서려고 하자 유리가 깨지는 날카로운 소음이 들려왔다.

진성이 긴장한 얼굴로 안을 들여다보는데 탈의실 안쪽에 망 머리를 한 또 다른 자신이 눈에 들어왔다. 바닥에 깨진 유리 조각을 보며 소희의 사물함을 여는 또 다른 진성이 그곳에서 토슈즈를 꺼내어 유리를 집어넣고 있었다. 자신의 손가락에는 피가 맺히는 것도 상관하지 않은 채… 한 번… 두 번… 계속 반복하고 있었다.

진성이 과거 자신의 행동을 보며 자신도 모르게 고개를 가로저었다. 정말이지 생각하고 싶지 않은 일이었다. 시간을 되돌릴 수만 있다면 그러고 싶은 진성이었다.

진성의 입에서 가느다란 신음 소리가 새어 나오고… 그 순간 또 다른 진성이 인기척에 멈칫 하며 손을 멈추었다. 그리고 빠르게 뒤돌아보는데… 진성의 얼굴은 입이 귀밑까지 찢어진 채 미소 짓고 있었다.

자신의 추하디추한 모습에 진성은 탈의실 문을 박차고 나왔다. 눈에는 눈물이 한가득 고인 채…

진성이 들어선 곳은 무용실 안이었다. 진성은 무용실 안 자신의 눈앞에서 벌어진 광경에 입을 틀어막고 말았다. 허공에 둥둥 떠 춤을 추고 있는 소희의 모습이 사방 거울에 반사되고 있었기 때문이다.

부러진 두 다리를 제멋대로 휘청이며 기괴한 몸짓으로 흔들흔들 발레를 하는 소희. 그런 소희의 눈은 한껏 치켜 올라가 있었고 살

182

아 있는 듯 너울거리며 천정으로 뻗어간 머리카락은 높은 천장의 뻥 뚫린 구멍 한가운데서 무표정한 소희를 실 달린 꼭두각시 인형처럼 조작하고 있었다.

양손에 머리카락을 휘감은 채 새하얀 손가락이 움직이는 대로 소희의 팔나리가 춤을 추고 있다. 점점 퍼져 가는 음악 소리에 진성이 지르는 비명 소리는 묻히고 있었다.

미친 듯이 복도를 달리는 진성을 따라 복도 사물함 위의 석고상들이 눈동자를 돌렸다. 턱까지 차오르는 숨을 몰아 내쉬며 정신없이 진성이 뛰어간 곳은 지하의 작업실 내부였다. 진성은 자신이 왜 이곳으로 왔는지 알 수 없었다. 마치 그 누군가 정해놓은 대로 움직이는 것 같은 기분… 작업실 중앙에는 예전과 마찬가지로 윤지의 전신상이 놓여져 있었다.

진성은 숨을 가다듬으며 공포에 질린 눈으로 주위를 살피는데 그때 '우드득, 우드득' 하며 무언가 갈라지는 소리가 들려왔다. 흠짓하며 쳐다보자 윤지의 전신상이 미세하게 갈라지고 있었다. 미처 흙이 덜 발린 손가락 끝이 움직이며 고통스러운 듯 긴 한숨을 토해냈다.

마른 흙이 떨어져 나가면서 조금씩 드러나는 윤지의 피 묻은 얼굴… 작업대 위에서 한 발자국씩 떼내어 진성에게 다가오는 윤지의 손톱이 진성을 할퀴었다. 그리고 자신의 손톱 사이에 낀 묽은 혈액을 빨아 삼키며 미소 짓고 있었다.

진성의 생채기에서 '똑똑' 소리가 나며 핏방울이 떨어지자 윤지의 몸이 진흙을 떨어뜨리며 꿈틀꿈틀 움직였다. 그리고 길게 빠져 나오는 혀… 윤지의 혀는 진성의 피를 핥으며 진성을 파헤치고 싶어했다. 진성은 발버둥 치며 달아나지만 계속 쫓기는 한 안전지대란 없었다.

진성은 넘어질 것처럼 비틀비틀 계단을 내려가고 있다. 소희가 떨어진 그 계단에 앉아 있는 혜주를 발견하고는 진성은 다시금 뒷걸음질을 쳤다. 혜주는 오르골의 멜로디를 흥얼거리며 손장난을 치다가 진성을 향해 고개를 돌렸다.

혜주의 얼굴은 흉측할 대로 뭉개지고 퍼렇게 변색되어 비틀비틀 진성을 향해 다가왔다.

진성을 보자 혜주의 눈동자가 먹잇감을 발견한 듯 황홀한 눈빛을 지었다. 호시탐탐 기회를 노리며 진성의 벌거벗겨진 영혼을 단한 줄의 경계선 너머 죽음으로 이끌고 싶어하는 혜주… 진성은 끝도 없는 계단을 계속 달리며 도망가 보지만 혜주의 앙상한 손가락은 진성의 바로 뒤에서 예리한 손톱으로 긁어대고 혜주의 손톱에 긁혀 떨어져 나간 살점이 혜주의 손에 붙은 체로 가늘게 바들거렸다.

혜주는 진성의 머리카락을 바로 뒤에서라도 잡을 듯 바짝 따라오고 있었다. 진성이 복도의 어둠 속으로 뛰어가자 계단이 끝나는 곳에서 더 이상 혜주는 따라오지 않았다.

진성이 땀으로 범벅이 되어 도망온 곳은 여우계단이었다. 진성은 공포에 질려 처절한 모습으로 계단을 세기 시작했다.

"스물일곱… 스물여덟……."

그러나 더 이상 계단은 이어지지 않고 스물여덟에서 끝이 나자 진성의 얼굴은 두려움으로 일그러지고 있었다.

진성은 미친 듯이 계단의 맨 아래 첫 번째의 계단으로 뛰어 내려가 다시금 절박하게 숫자를 세며 올라왔다. 계단 양 끝에 자리 잡고 있는 숲에서는 나뭇잎들이 성난 괴물처럼 흔들리고 계단은 또다시 스물여덟에서 끝나고 있었다. 진성의 눈에서는 하염없이 눈물이 쏟아졌다.

거부하고 싶어. 이 모든 상황들…

어쩌다가 이렇게 되었을까.

내 생을 단 한 번에 끝내 버릴 수 없다면

애초부터 그런 일을 시작하지 않는 것이 현명한 처사였을 텐데…

그런데 왜 나는 자꾸만 끌려 다니는 걸까?

자꾸만 아픈 것일까?

왜 말하지 못하는 걸까?

죽음이 다가오고 있어.

그 검은 발자국 소리를 나는 분명 듣고 있다.

그 애가 지르는 그 비명을 들어버린 후로 모든 게 달라졌어.

185

이젠 아무것도 들리지 않는다.
그 애의 비명이 내 귀를 막아버리고
급기야는 물거품으로 만들어 버릴 테니…
나는 어디로 가는 것일까……

　마지막 희망을 가지고 다시금 계단을 오르는 진성의 다리는 사시나무 떨리듯 떨리고 있었다. 이제는 넋이 나간 듯한 진성의 눈이 계단의 꼭대기를 바라보다가 우뚝 멈추어 섰다. 계단 꼭대기에는 소희가 서 있었던 것이다.

　이제 진성을 위한 비상구는 그 어디에도 없었다. 아무리 발버둥을 쳐도 혹독함과 두려움만이 더해질 뿐이었다.

　소희의 머리카락은 마치 살아 있는 장미 넝쿨처럼 뻗어가고 있었다. 진성이 오직 자신만을 바라보게 모든 길과 시야를 차단했다. 이제는 더 이상 갈 데도 없는 진성은 절망과 공포에 빠져 뒷걸음질을 치고 있었다. 그런 진성을 바라보는 소희의 눈에는 슬픔으로 가득했다.

　"진성아, 제발 가지 마… 제발… 부탁이야……"

　진성은 멍하니 소희를 바라보았다. 목소리만큼은 예전의 소희 그대로였다.

　"여기서 오랫동안 널 기다렸어……"

　소희의 뺨 위에는 맑은 눈물이 흐르고 있었다. 멍하니 소희의 눈물을 보는 진성 역시 가슴이 미어졌다.

"우리 같이 춤추던 기억 다 잃어버렸니? 진성아… 나한테는 이곳이 아무리 힘들고 답답해도 그 안에 네가 있다고 생각하면 모든 게 달라졌어. 교실이며 책상… 작은 먼지까지도 너와 함께 있으면 내게는 너무 소중하고 특별했어. 내게는 진성이 네가 이 세상의 전부였는데……."

진성은 말할 수가 없었다. 그동안 자신이 두려워했던 것이 무엇이었는지…….

"어떻게 그런 널 내가 원망할 수 있겠니… 난 그럴 수 없어… 다시 예전처럼 우리가 함께할 순 없는 걸까? 널 여기에 두고 혼자 떠나기가 너무 무서워… 두려워……."

진성의 두 눈이 흐릿해지며 아픔으로 눈시울이 붉어졌다. 그동안 무엇을 원했던 건지 정작 자신에게 소중한 것은 무엇이었는지 잊고 있었다.

아주 오래전부터 진성의 학창 시절을 떠올려 보면 좋은 순간 힘든 순간은 늘 소희가 함께해 주었는데 진성은 그걸 잊었던 것이다.

"미, 미안해, 소희야… 널 미워한 건 아니었어. 한 번이라도 그냥 한 번이라도 널 이기고 싶었어. 한 번이라도 널 넘을 수 있다면 그걸로 충분했는데… 내가 널 두고 너무 멀리 와버렸구나."

진성을 바라보는 소희의 눈에는 어떠한 증오나 미움보다 그리움으로 가득했다. 진성은 소희를 향해 홀린 듯이 스스로 걸어갔다. 이제 와서 도망칠 기회는 없었다.

지친 진성은 소희가 하는 대로 내버려 두고 싶었다. 예전처럼 소희에게 기대어 쉬고 그 애에게서 달콤한 휴식을 취하고 싶었다.

진성이 소희 앞에 다다르자 계단 위에서 두 아이는 비로소 서로를 끌어안았다. 너무도 오래 걸린 만남이었다. 진작부터 이렇게 정해져 있던 것을… 진성은 너무도 늦게 깨달은 듯했다.

소희의 품에 안기고서야 그동안 자신이 원했던 게 무엇인지를 알게 되는 진성은 점점 더 소희의 품속으로 파고들었고 소희는 그토록 기다렸던 진성을 꼭 끌어안았다.

진성을 끌어안은 소희는 다시는 놓치지 않을 것처럼 깍지 낀 손에 점점 더 힘이 들어갔고 진성은 고통을 느끼며 신음했다. 소희의 온몸 구석구석의 세포들이 진성을 감지하고 자신의 세계로 데려가려 하고 있었다.

진성의 젖은 두 눈의 실핏줄이 터지면서 벌겋게 충혈되어 가고 이어 섬뜩한 뼈 소리와 함께 진성의 허리가 부러지고 말았다. 힘없이 축 늘어지는 진성은 소희의 품속에서 기운을 잃어갔고 소희는 그런 진성을 무표정하게 지켜보고 있었다.

"혼자 두지 않을게… 영원히 함께하자."

"혼자 두지 않을게… 영원히 함께하자."

진성의 기숙사 방 안으로 아침 햇살이 들어오고 있다.

잘 정리된 방 안은 여느 때와 다름없는데 진성은 보이지 않았다. 책상 위에 가지런히 놓인 여권과 비행기표… 열린 창 안으로 부드러운 바람이 불어오고 이를 알기라도 하듯 굳게 닫혀 있던 장롱 문이 스르르 열렸다. 그 안에서 진성은 힘없이 떨어지는데 작은 미동도 없이 꼼짝을 안고 있었다.

진성의 눈가에 맺혀 있는 눈물이 흘러내린다. 방 안 거울로 비춰지는 진성의 몸은 기형적으로 꺾여 있었다.

때때로 그 애가 되고 싶었던 욕심은 날 황홀하게도 또는 혹독한 고통을 느끼게도 만들고는 했었다. 환한 달빛 아래에서 그 애의 춤추는 발소리를 들으면 내 온몸 구석구석의 세포들까지도 바람이 되어 그 애가 들이마시는 숨결을 따라 들어가고 싶어했으니까.

그 애는 유령 같은 춤꾼이자 완벽한 발레리나… 환상적인 아라베스크를 만들 때면 바이올린 소리도 그 애의 주변을 선회하는 것처럼 보이고는 했었지.

만약에 말이야… 그 애가 새벽에 겁에 질린 소녀처럼 나를 다시 찾아온다면… 난 유령의 연인이 되어 핑크빛 슈즈를 신고 그 애의 길고 고요한 거리를 기꺼이 함께 걷겠어.

학교는 그동안 아무 일도 없었다는 듯 평화롭게 비춰지고 있었다. 새롭게 단장된 학교의 내부와 더욱 멋스러워진 중앙 현관. 소희의 사진이 붙어 있던 그곳은 윤지의 소원대로 윤지 자신의 마지막 작품이 차지하고 있었다.

아침 햇살을 받고 있는 여우계단은 아이들의 간절한 소원을 담은 채 조용하게 자리 잡고 있었다. 그리고 그 계단을 밟는 또 다른 발자국 소리.

"하나, 둘, 셋⋯⋯."

소녀의 목소리에 계단 위의 마른 나뭇잎들이 흔들리고⋯ 마지막 계단을 눈앞에 둔 소녀는 그 자리에 멈추어 섰다. 그렇게 오랫동안 서 있는 소녀의 몸을 스산한 바람이 감싸이고 제 몸만한 첼로 케이스를 들고 거대한 기숙사 안으로 발걸음을 돌리는 소녀의 표정에는 새 학교에 대한 기대감으로 가득 차 있었다.

정갈하게 정리된 방 안으로 소녀가 들어오고 앞으로 자신의 안식처가 될 그곳을 천천히 둘러보았다.

"오랫동안 비어 있던 방이니까 창문 열어 환기시키고, 학교 안내할 테니 바로 나와라. 알았지?"

"네."

창을 열고 학교의 전경을 보는 소녀는 모든 게 마음에 드는 듯했다. 기숙사에서 내려다보이는 고풍스러운 학교 전경과 많은 사연을 담은 듯한 여우계단⋯ 방을 나가는 소녀의 등 뒤 창틀에는 깨진 손톱과 찢겨진 살점이 붙어 있었다.

어디선가 들려오는 오르골의 멜로디 소리…

가지 말았어야 하는 길을,

너 역시 가버리고 난 뒤에 나는 심각하게 일상을 꿈꾸었다.

코끝이 자꾸만 매워지고 손이 저려오고.

그래도 너를 찾지 않으리라 다짐했었는데,

이렇게 나도 모르는 사이 일상에 스며들어 버리고 나면

너 때문에 다시 모든 게 불확실해진다.

그렇게도 간절히 소리 지르고 싶어하던 너의 몸을 위해

나는 단 한 번도 울어주지 못했지.

내 눈물을 기다리던 너에게

난 그저 소리없이 웃어주기만 할 뿐이었지.

왜 그랬을까,

너도 나도 모두 이미 사라져 버렸기 때문이었을까.

살아 있으렴.

어디에서든 네가 원하는 방식으로 살아 있으렴.

고약하지만, 휘청이지도 않겠지만,

숨 소리만이라도 들려주렴.

언젠가는 네 그림자라도 밟을 수 있게…

영원히 함께할 수 있도록……

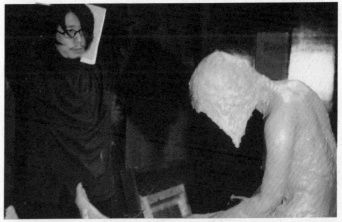